KB013418

부전승 인생

‘한남’이 말하는 한국 남자

부전승 인생

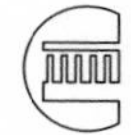

© 2019. 안희석 all rights reserved.

초판 1쇄 발행 2019년 2월 25일
3쇄 발행 2019년 9월 20일

지은이 안희석
편집 안희석
디자인 안희석

펴낸곳 발코니
출판등록 2019년 3월 12일(제25100-2019-000004호)
전자우편 balcony1003@daum.net
인스타그램 @balcony_book

ISBN 979-11-966547-0-2 (03810)
값 13,000원

이 도서 내용의 전부 또는 일부를 재사용하려면 반드시
출판사 발코니와 저자의 서면 동의를 받아야 합니다.

이 도서의 국립중앙도서관 출판예정도서목록(CIP)은
서지정보유통지원시스템 홈페이지(http://seoji.nl.go.kr)와
국가자료종합목록시스템(http://www.nl.go.kr/kolisnet)에서
이용하실 수 있습니다. (CIP제어번호 : CIP2019011183)

자신이 여성을 혐오하지 않는다고

당당히 말하는 한국 남자,

애호박으로 맞아봤음?(코찡끗)

인사말
: '한남 안희석'의 부전승 인생

1990년 10월 8일 오후 4시경, 의료진이 소리쳤다. "축하합니다! 아들이네요!" 그건 실신 직전의 어머니가 아닌, 이제 막 자궁을 벗어난 나에게 하는 말이었다. 한국에서 아들로 태어나는 건 축복이니까. 남자로 태어났다는 이유 하나만으로 온갖 혜택을 받을 것이니까. 성차별의 벽에서 신음하지 않아도 될 테니까. 의료진은 축하를 아끼지 않았다. 어쩌면 축하한다는 말보다 다행이라는 말이 더 적합했을지도 모른다. 그렇게 나는 성권력과 싸우지 않아도 될, 부전승 인생을 시작했다.

그러나 부전승 인생인 줄 모르고 살았다. 성권력이 무엇인지 몰랐고, 여성을 혐오하지 않는다고 자신했다. 여성을 배려하고 사랑하는데 왜 나조차 '한남'으로 불리는지 이해가 안 됐다. 왜 자꾸 나를 그 범주에 끼워 맞추냐고 뻔뻔하게 화냈다. 시간이 흘러 오늘 생각해보면, 나는 그저 '한남' 그 자체였다. 가부장제가 싫으면서 가부장제에 기대 각종 권력을 흡수했다. 남자라는 이유 하나만으로 받아온 혜택을 혜택이라 생각하지 않고, 남자도 힘든 세상이라며 울어댔다. 그 시절 나를 마주한다면, 굉장히 역겨우리라. '한남 아닌 척하는 한남'이 바로 나였다. 그렇게 부전승 인생을 반성하기 시작했다.

그렇다고 내가 페미니스트가 되겠다는 건 아니다. 나는, 한국 남자는 페미니스트가 될 수 없다. 한국 남자는 성차별 경험도 없으면서 감히 페미니스트라 자칭할 수 없다. 그럼에도 자신을 꾸역꾸역 페미니스트라고 규정하는 한국 남자는 무식하거나 사기꾼이거나 둘 중 하나다. 성권력을 아예 모르거나, 알아도 모른 척 포장하고 있는 것이다. 나는 성권력의 실체를 깨닫던 순간, '뭐야 그럼 남자 페미니스트가 세상에 어딨어? 남자가 뭘 안다고?'라는 생각에 머리를 한 대 맞은 기분이었다. 나는 앞으로도 페미니스트가 되지 않을 것이다. 완벽한 성평등 세상이 올 때까지 나를 페미니스트라 말하기 전에 '한남'이라 말할 것이다.

그럼에도 이 책을 쓰는 이유는, 페미니즘 물결 위에서

남성도 목소리를 내야 하기 때문이다. 모두를 위한 페미니즘이나 '휴머니즘'을 외치려는 게 아니다. 자아 고발을 통해 자신을 '한남'으로 인정할 한국 남자들이 필요해서 이렇게 이야기를 시작하려고 한다. 한국 남자들이 가부장제를 통해 받았던 혜택, 그리고 빻은 말을 쉽사리 내뱉을 수 있는 이유들을 하나하나 고발하기로 했다. 이 페미니즘은 맞고 저 페미니즘은 틀렸다는 말에 열광하기 전에, 성권력을 진지하게 고민할 수 있는 남자들을 모으고 싶어 한국 남자 당사자의 경험과 관찰을 기록했다.

또 다른 이유는, 한국 남자 특성인 '강약약강' 때문이다. 모교의 페이스북 대나무숲에 글을 올린 적 있다. 페미니즘은 정신병 아니냐는 멍청한 소리에 대한 반박이었다. 내 글의 요지는 간단했다. 미러링이 싫으면 여성 혐오를 멈추자고, 한국 남자들이 화낼 대상은 메갈이 아닌 우리를 이렇게 만든 국가와 정부라고 말했다. 또한, 홍대 몰카남 사건으로 시끄러울 때였는데 나는 그간 수사 과정에 비춰봤을 때 이건 명백한 성차별적 편파 수사라고 주장했다. 마지막엔 내 실명과 학번, 이메일 주소를 남겼다. 엉망진창의 댓글보다는 이메일로 진지하게 논해보고 싶었다.

각종 비난과 욕설이 올 거라 각오했는데, 착각이었다.

단 한 통의 메일도 오지 않았다. 그들은 다시 댓글창에서 싸우고 있었다. 더 비참한 건, 나를 겨냥한 댓글은 하나같이 정중했다. 욕설이 있더라도 내가 아닌 또 다른 여성이나, 또 다른 대상을 향해 던질 뿐이었다. 여성에게는 욕지거리를, 나에게는 정중한 질문을 던지는 한국 남자들을 보며 부끄러웠다. 이게 우리의 모습이었다. 여성이 말하는 성평등과 남성이 말하는 성평등을 대하는 무게는 이토록 달랐다. 그날 이후부터 나는 목소리를 참지 않기로 했다. 한국 남자는, 똑같은 한국 남자에게만 귀 기울이니까.

이 책을 만약 여성이 썼다면 어땠을까 생각하면 참담하다. 일베는 물론이거니와 이종격투기, 도탁스, 오늘의유머 등 한국 남자가 과반을 차지하는 온라인 커뮤니티에서 얼마나 조리돌림 당했을지 뻔하다. 그러나 같은 한국 남자인 내가 썼으니 그들은 조금 더 '걸러진' 표현을 쓸 것이고, 내용을 세밀하게 뜯어가며 논쟁에 참여할 것이다. 제대로 읽지도 않고 메갈년이라거나 웜년이라는 말은 하지 않을 것이다. 한국 남자들이 이렇다. 여성이 말하면 정신병이라 조롱하고, 같은 한국 남자가 말하면 논리적으로 대응하려 한다. 그런데도 그들은 차별주의자가 아니라 주장한다.

이 책에는 한국 남자들이 자주 하는 말들을 골라놨다.

"오빠가 말이지~"로 시작하는 역겨운 말투부터 "나는 여자를 사랑하니까 여성을 혐오하지 않아"라는 오만까지 다양하다. 이 모든 말들의 기원은 가부장제로부터 시작됐기에, 가부장제에 관한 내용을 주로 다뤘다.

한국 남자들은 가부장제를 인정하지 않는다. 청년 세대 한국 남자를 붙잡고 가부장제에 대해 어떻게 생각하냐고 물어보면 대부분이 고리타분하고 구린 것이라 말한다. 그러나 그런 가부장제로 인해 당신도 혜택을 받고 있다고 말하면 화를 낸다. 자신이 무슨 혜택을 받고 있는지 알려고 하지 않는다. 모를수록 더 편한 삶을 살아갈 수 있으니 천하태평이다. 이 무지의 권력은 여성 인권을 갈수록 더욱 좀먹는 중이다.

이 책을 통해 성평등한 세상을 만들겠다나, 여성 권익을 향상시키겠다는 혁명적 선언은 절대 하지 않을 것이다. 그건 내가 할 수 없고, 해서도 안 되는 목표치다. 생물학적 여성들이 주도적으로 이끌 그 혁명에 한국 남자는 숟가락 올리지 말아야 한다. 우리 한국 남자들은 그저 자신을 성찰하고 내면화된 가부장 요소를 하나씩 해체하는 것부터 시작해야 한다. 지금, 변화하기 적합한 세상이 펼쳐졌다. 이 좋은 기회를 두고도 가부장 남성으로 남아 있겠다면 말리지 않겠다. 역사에서 지워지길 자처하는 한국 남자까지 굳이 독려하고 싶지 않다.

추첨이나 기권 없이 정당한 출발선을 만들어갈 한국 남자를 기다린다. 우리의 부전승 인생은 부끄러운 역사다. 부끄러운 역사는 반성과 변화로 바꿔나갈 수 있다.

2019년 2월,

한남 안희석 씀.

차례

알 림

이 책에서 저자는 본인을 제외하곤 누구도 '한남'이라 말하지 않았다. 단순히 한국 남자를 줄여 쓴 표현일 뿐인데, 이 줄임말에 분개하는 남자가 지천으로 널렸기 때문이다.

웅얼거리는 잡음 때문에 건전한 논쟁이 묻힐까봐 모두 '한국 남자'로 풀어서 썼다. 풀어 쓴 표현이 다소 길다고 느끼는 분들은 두 음절로 줄여 읽어도 무방하다. 사실 그걸 더 권장한다.

저자는 이성애자다. 따라서 이 책에서 말하는 연애와 결혼은 이성애자의 입장에서만 서술했다. 이성애자가 함부로 동성애자 입장까지 대변해선 안 된다고 판단했다. 혹여 이러한 부분으로 인해 성소수자분들이 박탈감을 느꼈다면 미리 정중히 사과드린다.

오빠라 불러다오

'1등 시민'의 권력 강요

나이가 적든 많든 한국 남자는 오빠로 불리고 싶어한다. 이 병적인 집착은 한국 남자 중에서도 가부장 성향이 극심한 남자에게 잘 나타난다. 자신보다 나이가 한참이나 어려도, 심지어 제 새끼보다 어린 여성에게도 오빠라 불러달라 애원한다. 아저씨나 삼촌으로 부르는 순간 억울한 표정으로 말한다. "에이~ 나 정도면 오빠지 오빠" **오**지게 **빠**개달라는 뜻인가.

아저씨보고 아저씨라 부르고 삼촌보고 삼촌이라 부르는 게 큰 잘못인냥 여자를 매정한 사람으로 몰고 간다. 청년 남성이 중년 여성에게 누나라고 부르는 건 립 서비스고, 청년 여성이 중년 남성에게 오빠라고 부르는 건 사회적 도리라는 건가. 이런 논리의 기원은 가부장적 사고 방식이다. 가부장 사회에선 모든 것이 남성 기준이다. 남성이 의도한 대로 세상이 흘러가지 않으면 이상하고 거북한 것으로 몰아간다. 그러니 1등 시민 남성이 호칭을 정해줬으니, 2등 시민 여성은 이를 반드시 따라야 한다는 것이다.

이렇게 말하면 어떻게 남성이 1등 시민이냐고 반발하는 사람 대부분은 남성이다. "아니 우리가 무슨 혜택을 받았다고 1등 자리에 놓는 거야?"라고 묻겠지만, 솔직하게 말해보자. 나부터 고백하겠다. 학생 때 나는 명절에 손 하나 까딱하지 않았으면서 여성 동생보다 용돈을 두 배로 받았다. 씨를 유지한다는 이유에서다. 교실에서 학생 번호를 배정받을 때, 남학생은 무조건 1번부터 시작했다. 여학생은 남학생 번호가 다 지정되면 그 뒷번호를 차례대로 받았다. 취업 사이트를 조회할 때 '남성 우대' 항목은 단 한번도 보지 못했다. 남성은 항상 우대받으니까 기업들은 굳이 남성 우대를 별도로 표시할 필요 없었다. 이것 말고도 가부장 사회에서 남성이 자신을 1등 시민으로 만든 증거는 차고 넘친다. 앞서 나열한 건 정말 표면적이고 알량한 사실들에 불과하다.

그럼에도 한국 남자는 모른다. 자신이 1등 시민 혜택을 받는다고 깨닫지 못하고 있다. 좀 더 정확히 말하자면, 공기처럼 흡수하던 성권력 혜택이 이젠 당연하다 여기고 있다. 이 '자연스러운' 현상이 지속돼야 모두의 안위가 보존된다고 생각한다. 완고한 페니스 카르텔을 지키며 최대한 가부장제를 지속하려고 한다. 여기에 반발하는 세력이 있다면 언어와 행동으로 쳐낸다. 메갈리아와 워마드에 특히나 민감하다. 성권력의 실체를 어두운 서랍 구석에 고이 둔 채 살아왔는데, 갑자기 그 서랍이 열려버리니 당황스럽고 화가나는 것이다. 서랍이 열리면, 한국 남자들이 유지해온 '자연스러운' 권력이 자연스럽지 않은 것으로 치환되기 때문이다.

가부장 맥락에서 해석해보면 "오빠가~"로 시작하는 대화법은 여성에게 자신의 성권력적 위치를 강요하는 방법 중 하나다. 단 둘이 대화하고 있는데도 "오빠가 해줄게" "오빠 생각에는" "오빠가 말했잖아" 등 자꾸만 오빠를 갖다 붙인다. 대화 상대가 이미 그를 연장자로 인식하고 있는데도 굳이 호칭을 한번 더 부여한다. 이런 언행 자체가 상대방에게 자신의 위치를 지속적이고 확실하게 각인시키기 위한 가부장적 행동이다. 자신이 원하는 권력적 위치를 매번 상대방 무의식에 새겨놓으려는 발악인 셈이다.

한국 남자들, 아니라고? 그럼 우리가 군대 말투 중 가장 바보처럼 여기는 "중대장은~" 시리즈는 어떻게 생각하나. 뻔히 저 인간을 중대장이라 인정하고 있는데도 “중대장은 오늘 너희들에게 실망했다!” “중대장이 먼저 시범을 보이겠다!” “중대장 생각은 말이지!” 라는 말투를 우리는 조롱했다. 그러나 복종 효과는 확실했다. 매 순간 우리는 중대장을 한 인격으로 보지 않고, 우리의 존위를 좌우하는 권력적 존재로 섬겼다. 뒤에선 욕하고 조롱할지 몰라도 중대장 앞에선 최대한 고분고분했다. 중대장을 거스르면 내 전역일이 뒤틀릴 거라는 위험을 무의식 중에 인식하고 있었다. “오빠가~” 시리즈도 마찬가지다. 남성 권력, 거기에 연장자로서의 권력을 동시에 부여하고 싶었던 게 당신의 본심이다.

자신을 지칭하는 명사는 ‘나’ 혹은 ‘저’ 정도면 충분하다. 당신이 오빠인 건 상대방도 충분히 알고 있다. 그래도 꼭 자신의 호칭을 붙이고 싶으면 이름을 3인칭으로 말해보는 건 어떨까. “OO이는 말이징”으로 귀엽게 말을 시작해보자. 진짜 머리가 **오**지게 **빠**개질 수 있을 것이며, 이는 성평등을 위한 하나의 죽음으로 기억될 것이다. 당신의 숭고한 희생을 응원한다.

아파? 병원 가!

공감 능력을 거세한 한국 남자

아프면 병원 가야 한다는 건 김난도 교수 빼고 다 안다. 배고프면 밥 먹고, 목마르면 물 마시고, 찝찝하면 씻으라는 사실[1]을 우리는 어릴 때부터 잘 배워왔다. 그럼에도 한국 남자들은 아프다는 말에 병원 가라는 말부터 먼저 한다. "아파? 어떡해ㅠㅠ 병원 가ㅠㅠ"라고 유유를 붙여도 결국 그냥 병원이나 가라는 말이다. 상대방의 어디가 어떻게 아픈지, 그래서 지금 상대방이 필요한 건 무엇인지, 상대방의 아픔이 어느 정도일지 공감하기보다는 솔루션부터 제시한다. 지금 병원 못 가겠고 잠시 있어 본다고 하면 큰일이라도 난 듯이 퍼덕거린다.

한국 남자 논리는 별다를 것 없다. 아픈 상대방이 딱하

---

1 물론, 찝찝해도 안 씻는 한국 남자들이 소름 끼칠 정도로 많지만,

고 안쓰러우니 얼른 병원에 가서 이 상황이 해결되는 게 우선이라 생각한다. 병을 치료해야 아픈 것도 끝날 거고 동시에 자신이 계속 걱정해야 하는 시간도 종결된다고 여긴다. 그런데 상대방이 자꾸만 병원에 가지 않겠다고 하니 이해가 안 되는 거다. 병원도 안 가면서 자꾸 아프다는 말을 반복하는 상대방을 이해하지 못한다. 나도 그랬다. 아픈 나에게 누가 병원 가라고 하면 그토록 짜증 냈으면서, 나 역시 누군가 아프다고 하면 병원부터 가라고 했다.

가부장 사회에서 한국 남자는 공감 능력 거세법을 배운다. 남자라면 감정을 억누를 줄 알아야 하고, 어떤 상황에서도 침착해야 하며, 모든 걸 통제할 수 있는 상태를 유지해야 한다고 배운다. 따라서 감정 표현이나 개인 간 대화를 이끌어갈 능력, 공감 능력 등을 거세당한 채 자란다. 그렇게 자란 한국 남자가 아버지가 되고, 자식들의 공감 능력도 알아서 제거한다. 남자가 슬픈 감정을 표현하면 이상하게 취급하는 세상으로 점차 만들어간다.

가장 쉬운 예로, 아버지라는 존재는 슬픔을 몰라야 한다고 온 가족이 암묵적으로 합의했다. 아버지가 우는 일은 흔하지 않았거나 있어선 안 되는 일처럼 여겨졌다. 그런 눈물이 있던 날에는 마치 집안 전체가 흔들리는 듯한 기류가 흘렀다.

이처럼 한국 남자는 하나의 인격체로 자라지 않고, '한국 사회가 원하는 남성'으로 성장했다.

한국 남자에게 공감 능력이 없다고 말하면 불같이 화낸다. 자기도 아프고 힘든 사람에게 마음을 내어줄 줄 안다거나, 생판 남이라도 어려운 상황에 놓이면 당장 도와주고 싶은 마음이 생긴다고 발끈한다. 하지만 이건 공감이 아니라 그저 시혜, 혹은 연민일 뿐이다. 힘든 사람을 측은하고 불쌍히 여겨 도와주고 싶은 건 공감이 아니다. 그 사람이 얼마나 어떻게 힘들지, 그 사람의 위치로 내려가 함께 생각하는 게 공감이다. 아픈 사람은 이미 본인이 언제 병원을 갈지, 어떤 병원을 갈지 다 생각하고 있다. 그런데도 아프다는 말을 하는 건 함께 공감해달라는 의미다.

남성 중심 사회가 되다 보니, 나도 회사 조직 안에서 공감으로 치유받은 적 없다. 지금쯤 이 책이 세상에 나왔을 때 직장을 그만뒀을지 근무지를 변경했을지 모르겠지만, 퇴사 의사를 밝혔을 때 다들 내게 왜 그러냐며 만류했다. 솔직한 심정을 말했다. 뛰어난 실력의 선임들에 비해 내가 너무 부족하고, 이런 압박감이 계속되다 보니 쉬운 일도 제대로 못 하는 경우가 반복된다고 했다. '그럴 수도 있겠다'라거나 '혼자 고민하느라 힘들었겠다'라는 말은 들을 수 없었다. 그저 내 고민을 한낱

치기 어린 걱정 정도로 인식했다. 마음과 마음이 닿는 공감을 받을 수 없었다.

아직 일한 지 얼마 안 됐는데 너무 성급한 고민이라며, 실력이 있으니 너와 함께 일하는 거라고 그들은 위로했다. 공감 지점이 엇나간 것이다. 조직 차원에선 나의 실력을 인정해 주고 북돋아 주는 게 더 좋은 위로라 판단했겠지만, 정작 당사자인 나는 그걸 원하는 게 아니었다. 아프면 병원 가라는 조언과 별다를 것 없었다. 개인이 추구하는 목표, 그리고 그 목표에 도달하려는 기간은 다양하다. 나는 최대한 빨리 조직에 도움 되고 싶었고, 혼자만의 압박에 시달린 채 시간을 삼켜갔다. 그 시간을 꺼내 보여줬는데 돌아오는 답이 이 모양이니, 나는 다시 입을 닫았고 사직서를 찢지 않았다. 공감 능력을 거세당한 한국 남자가 기업의 조직, 나아가 한국 사회 조직 전반을 붙잡는 상황에선 제대로 된 위로는 얻을 수 없다는 걸 깨달았다. 더 비참한 건 이 문화를 조성하는 데 일조한 건 한국 남자, 즉 나 자신이라는 사실이다.

그렇다고 한국 남자가 한국 남자를 힘들게 하니 모두가 힘든 셈이라는 이야기는 가당치 않다. 한국 남자 또한 가부장 문화 속 성관념을 유지하느라 힘들었던 건 사실이지만, 그렇다고 해서 한국 남자가 그동안 여성을 고통 속으로 밀어 넣은 건 절대 정당화되지 않는다. 한국 남자는 공감의 거세로 가부장 문화를 이어오는 동안 득과 실 모두 얻었겠지만, 여성은 모든 걸 잃거나 빼앗겼다. 우리네 아버지 세대가 일터에서 집으로 돌아와 아무 말 없이 소주잔 기울이는 장면은 더 이상 안쓰럽지 않다. 가족에게 고민을 말하고 함께 이겨내는 등의 공감 과정을 먼저 없앤 건 한국 남자 연대다. 여성은 남성에게 혼자 이겨내라며 내버려 둔 적 없다. 가부장 권력을 잃을까 두려워 먼저 벽을 친 건 가부장 역사와 한국 남자 당사자다. 이래도 '남자도 힘들어'라고 울먹일 수 있나. 우리를 속박한 건 우리의 할아버지, 아버지 그리고 우리 자신이다.

남자로서 용서 못 해

한국 남자가 잃지 못 하는 폭력성

온전한 남성은 폭력적이지 않다. 온전한 남성은 가부장제를 거부하고 폭력의 필요성을 느끼지 못한다. 그러나 한국 남자는 다르다. 가부장제를 옹호하고 폭력성을 잃지 못한다. 유사시 폭력을 휘두를 수 있어야 남성성이 보존된다고 믿는다. 심지어 폭력적인 남성 몇몇을 우상화하기도 한다.

나 역시 아직 가부장제를 해체시키지 못한 한국 남자에 불과하므로 내재적 폭력성이 가득하다. 나는 언제 어떤 상황에서든 폭력을 행하지 않을 자신이, 없다. 내 안의 내면화된 가부장 남성성을 지우지 않은 나는 돌연 데이트 폭력 가해자가 될 수 있고, 나아가 살인도 범할 수 있는 사람이다. 실제로 내가 가부장 권력을 부정하고 본격적으로 해체하기 시작했다면, 앞서 발표했던 《불쾌한 당신》[1]에서 뚝배기를 후려쳐버린다는 표현도 할 수 없었을 것이다. 나 역시 아직도 폭력성을 완벽히 잃지 못했다.

가부장 문화가 무서운 이유는, 이러한 내재적 폭력성을 부정하지 않고 더 부추긴다는 점이다. 이수역 폭행남 사건이 막 드러났을 때, 남성 중심 온라인 커뮤니티 반응은 대개 비슷했다. 어떤 상황인지 제대로 따지고 봐야 한다거나, 여성이 먼저 남성 모독적 발언을 했기에 일어난 일이라고 했다. 여기에 여성들은 경악하고 분노했다. 여성들은 하나의 물음에 봉착했다. **'그렇다면 한국 남자는 상황을 따져봤을 때 폭력이 필요하다면 반드시 휘둘러야 한다는 건가?'** 결론부터 말하자면 한국 남자는 그렇다. 한국 남자는 그렇게 교육받았고, 그 교육을 반문 없이 수용했다.

한국 남자는 자신이 필요할 때 폭력적으로 행동하지 못하면, 남성 무리에서 도태될 거라 생각한다. 몇 년 전, 나를 비롯한 한국 남자끼리 한 가지 주제로 논쟁한 적 있다. 주제는 '길을 가다가 내 애인이 불특정 행인으로부터 폭력을 당한다면 어떻게 하겠는가?'였다. 두 부류로 나뉘었다. 나와 한 친구는

---

1 불쾌하게 말하는 사람들을 오히려 더 불쾌하게 만들었던 저자의 역사가 기록된 에세이. 2018년 11월 5일 발행.

'상대를 붙잡고 경찰에 신고한다'고 답했고, 대다수는 '그 행인을 즉시 패죽여야 한다'였다. 경찰에 신고한다고 답한 나와 친구는 다수결에 의해 루저가 됐다. 내 애인을 공권력의 손에 맡기는 건 남자 구실을 하지 못한다는 논리였다. 이게 한국 남자들의 기본 정서다. 필요할 때 폭력적으로 행동해야 남성성이 보존될 수 있다고 믿는 것이다.

내 생물학적 아버지가 살면서 강조했던 여러 말들이 있다. 그중 가장 오랫동안 반복했던 말은 "싸움에서 지지 말 것, 상대방이 다시는 못 덤비도록 짓이겨놓을 것"이었다. 여기서 싸움이란, 경쟁이 아니라 진짜 격투를 말한다. 아버지는 내가 성인이 돼서도 저 말을 한 번씩 했다. 한국 남자 특징을 모조리 갖춘 그였기에, 그의 가르침은 곧 가부장 문화의 교과서였다. 내가 조금 더 노골적인 문장으로 교육받아서 그렇지, 한국 남자 대부분이 비슷한 유형의 가정교육을 남성 어른으로부터 받아왔다. 폭력성이 반드시 좋은 건 아니지만, 필요할 때가 있으니 언제든 품고 있어야 한다고 배웠다. 때로는 외부의 공격으로부터 가정을 지켜낼 때도 폭력이 필요할 것이라 배웠다. 그러나 잘 알다시피 한국 남자는 오히려 내부, 가정에서 그 주먹을 휘둘렀다. 내 아버지도 그랬다.

가부장제의 핵심은 1인에 의한 지배와 통제다. 지배와

통제에는 힘이 필요하다. 힘의 정의는 다양하지만 가부장제는 물리적 힘, 즉 폭력을 중요 요소로 삼는다. 폭력으로 여성을 다스려온 역사가 가부장 문화의 기저가 됐고, 가부장은 배려와 공감을 거세하는 게 더 유리했다. 자신은 냉정한 사람이라고 내면화했고 그 행위를 다음 세대 남성에게 차례대로 물려줬다. 이에 여성은 생존 전략 중 하나로 가부장의 상태를 매번 민감하게 캐치해야 했다. 이 폭압적 역사 때문에 만들어진 고정관념 중 하나가 '여성은 태생적으로 감정적인 동물'이라는 착각이다. 약자의 생존 전략이었던 비참한 결과를 두고 '여자는 원래 그렇잖아' 혹은 '여자가 왜 이렇게 냉정해?'라는 비난이 한국 남자 입에서 튀어나온다.

이 한국 남자들이 가부장제를 해체하고 폭력성을 거부하지 않으면 여성 혐오 범죄는 끊이지 않을 것이다. 무엇보다 정당성과 논리성 앞에서 자신의 의견이 실행되지 않을 때 더욱 위험하다. '불편한 용기' 시위가 한창 일던 2018년 가을이었다. 혜화역에 수많은 여성이 모였고, 동시에 수많은 관음증 한국 남자도 모였다. '불편한 용기'는 정당한 시위 신고를 거친 공론장이었음에도 불구하고 한국 남자들의 조롱과 폭언이 쏟아졌다. 심지어 어떤 한국 남자는 시위 무대를 향해 BB탄 10발을 쐈다. 하늘을 향한 것도 아니고 사람을 향해 조준 사격

했다. 다행히 큰 피해는 없었지만, 같은 한국 남자로서 너무나 부끄럽고 비참했다.

'불편한 용기'가 불편하다면 한국 남자들 역시 군중을 모집해 시위를 펼치면 그만이다. 자신의 의견과 다른 사람들이 모인 장소에 폭언과 BB탄을 쏜다는 게 민주주의 국가에서 말이나 되는지 묻고 싶다. 한국이 총기 소지 자유 국가였다면, 그날의 BB탄이 실탄이 되지 말라는 법은 없다. 몇만 명이 모인 광장에서 사람을 조준사격 하겠다는 마음, 누군가가 고통스러워하는 모습에서 느끼는 희열 등의 폭력성이 없어지지 않으면 BB탄은 언제든 실탄이 되어 여성을 살해할 것이다. 또한, 가부장제가 해체되지 않으면 그 실탄 가득한 총을 내가 들지 않는다는 법도 없다.

언제든 폭력성을 잃어도 된다는 다짐이 우리 한국 남자들에게 필요하다. 여성들은 자신을 폭력으로 이끄는 삶을 주체적으로 거부할 용기가 있기에, 한국 남자보다 훨씬 충만한 사람으로 살고 있다. 우리도 여성들과 같은 선택을 할 때가 됐다. 우리가 먼저 바뀌어야 한다.

데이트 통장 만들까?

연애를 비즈니스로 만드는 한국 남자

21살의 여성 대학생 A와 23살의 한국 남자 대학생 B가 사귄다. A는 평일 저녁 편의점 아르바이트를 하고, B 역시 평일 저녁 PC방 아르바이트를 한다.

두 학생이 한 달 동안 손에 쥐는 돈은 비슷하다. 데이트는 주로 주말에 한다. B가 밥을 사면 A가 커피를 사는 게 보통이다. 때로는 순서가 바뀌기도 한다. 술 한 잔 하거나 영화를 볼 때도 B가 사면 다음 번에 A가 사는 식이다. 그러다 어느 날 한국 남자 B가 말한다.

"우리도 데이트 통장 만들까?"

아, 참담하다. 찌질하다 못해 구질구질해서 연애할 맛이 뚝 떨어진다. 데이트 통장이라는 개념을 도대체 누가, 언제 만들었는지 모르지만 한국 남자들의 가성비 심리를 정확히 건드렸다. 마음을 나누는 관계인 연인 사이를 순식간에 데이트 메이트로 만들어 버렸다.

한국 남자들은 말한다. 비슷하게 돈을 벌고, 같이 먹고 보고 즐기는데 왜 데이트 통장을 만들면 안 되냐고 묻는다. 소득 차이가 있다면 소득별로 비율을 따져서 입금하면 되지 않느냐고 묻는다. 대단한 투자분석가 납셨다. 이런 말 자체가 얼마나 구질구질한지 한국 남자는 모른다. 여성이 찌질하다고 지적하면 속물이라 비난하고, 남성이 지적하면 호구라 비난하기 바쁘다.

한국 남자는 지금부터 내가 하는 말이 불편하다면 이 페이지를 찢어버려도 좋다. 그러나 어딘지 모르게 맞는 말 같다면 데이트 통장을 빨리 세상에서 지우는 데 동참하자. 우선 데이트 통장은 '합리성'에 목적이 쏠려있다. 식사 자리와 카페 자리에서 누가 계산할지는 법으로 따로 정해져 있지 않다. 이번엔 내가 사고, 다음번에도 내가 살 수 있다. 반대로 이번엔 애인이 샀고, 다음번에도 애인이 살 수 있으며, 두 사람이 번갈아 가며 계산할 수도 있다. 경우의 수가 꽤 많다. 그럼 여기서 중요한 건 당사자 간 합의다. 누가 살 것인지 대화하고 의논하면서 결정해야 한다. 심각할 것도 없다. 간단하고 편안한 대화로 결정하면 금방 끝날 일이다.

그런데 이런 최소한의 소통 과정마저 삭제하는 게 데이트 통장이다. 연인 두 사람이 각자의 돈을 입금해서 통장에 박아놓으면, 누가 먼저 계산할지 이야기하는 과정은 싹 지워진다. 이렇게 사라진 긴장감이 편할 수도 있다. 그러나 이 정도의 긴장감마저 불편해서 없애는 건 연애마저 가성비로 하겠다는 거다. 상대방은 그런 한국 남자가 환멸 난다. 밥 먹고 커피 마시는 자리에서의 경제권 결정도 회피하는 사람인데, 그보다 더 심각하고 깊은 고민은 어떻게 회피할지 믿음도 안 간다. 합리성과 편의성에만 기초한 만남은 데이트가 아니라 비즈니스 관계다. 아니 그리고, 데이트 통장으로 모텔비까지 결제하는 건 경악스럽지 않나.

조금 더 범위를 확장해서, 데이트 비용을 남성이 더 지불하는 건 당연하다. 가부장제는 우리가 돈을 더 써야 살아남을 수 있도록 만들었다. 가부장제는 남성이 경제권을 독점하고 여성을 2등 시민으로 만들어, 여성을 남성의 부속물 혹은 보완제로 취급하도록 사회를 구성했다. 남성 간 경제력 경쟁은 현대 사회의 가장 두드러진 다툼으로 자리 잡았고, 경제력이 뛰어난 남성일수록 여성을 차지하는 시스템을 구성했다.

이러한 가부장 역사로 완성된 한국 사회에서 남성이 여성과 데이트하려면? 맞다, 돈을 아주 굉장히 매우 쿨하게 잘 써야 한다. 남자가 자기들끼리 치고 받고 싸우며 만든 '돈 더 써야 이기는 세상'에서 갑자기 여성에게 "넌 왜 안 내?"라고 묻는 게 말이나 되나. 애인을 붙잡으려면 돈 좀 잘 써라. 세상엔 영앤리치 스트롱앤핸썸 톨앤머쓸 남성이 당신의 애인을 위해 언제든 지갑 열 준비가 돼 있다. 지금 당신을 만나주는 걸 감사하며 팍팍 쓰자.

이런 지출 구조가 싫다면 가부장제를 해체하면 된다. 가부장제가 싫은 한국 남자는 분명 존재하지만, 가부장제를 해체하자는 움직임은 없었다. 남성이 돈을 더 써야 살아남는 사회가 싫으면 가부장제를 세상에서 없애고 편안하게 살면 된다. 하지만 한국 남자는, 그리고 나는 사실 가부장제가 불편하지 않았다. 가부장 사회에서 남자로 살면 너무나 편하다. 내가 하고 싶은 말을 언제든 해도 되고, 술을 머리끝까지 차오를 정도로 마셔도 택시만 타면 안심이고, 데이트 폭력으로 여성을 살해해도 '우발적이고 초범이고 사랑했고 후회한다'는 단어만 붙이면 집행유예로 풀려나고, 룸살롱 들락거리다 들켜도 사업상 어쩔 수 없었다고 말하면 세상이 우리를 용서해준다.

우리가 편하게 살아가는 동안 여성은 하고 싶은 말이 있어도 조신하게 숨겨야 한다고 교육받았고, 술을 마시든 안 마시든 택시 번호판의 '아빠사자'를 확인해야 했고, 데이트 폭력을 당해도 가해자가 풀려나는 과정을 지켜봐야 했고, 호스트바에 가는 순간 '문란한 년'으로 낙인찍혔다. 성별만 다를 뿐인데 세상이 우리와 여성을 대하는 태도는 확연히 다르다. 이렇게 우리가 편하게 살아오도록 만들어준 게 가부장제다. 그렇다면 이제 어떻게 해야 할까. 우리가 누려온 성권력을 모두 내려놓고 가부장제를 해체하든가, 그렇지 않다면 돈을 몇 곱절로 더 써라.

이래도 데이트 통장이 꼭 필요하다고 말하는 한국 남자가 곁에 있다면, 얼른 도망치는 게 답이다. 다시 한번 강조하지만, 데이트 통장은 가성비의 결정체다. 당장엔 그 한국 남자가 아무 말 안 하겠지만, 시간이 갈수록 데이트 비용을 아끼자는 명목으로 각종 식사부터 문화생활까지 가성비 논리를 작동시킬 것이다. 연인끼리 만날 때마저 가성비 따지는 한국 남자에게 마음 쏟아줄 이유는 없다. 연애의 목적은 행복이지 근검절약이 아니다.

왜 안 가?

가부장제 혜택은 나만, 의무는 너랑 나랑

나는 군대를 혐오했다. 입대 전 신체검사 때부터 요주 인물이었다. 신검 대상자 전원이 함께 받는 심리 테스트를 마친 후, 결과를 기다리고 있었다. 검사관이 들어왔다. 100여 명의 무리 중 나를 포함한 몇 명을 앞으로 불러냈다. 별도의 정신 감정이 필요하다고 했다. 황당했지만 인솔자를 따라 복도를 걸어갔다. 복도 끝 코너를 돌자, 침침한 시멘트벽이 원목으로 바뀌어 있었다. 조명마저 따스한 노란색이었다. 상담실 앞에 일렬로 앉아 있다가 한 명씩 들어갔다. 푹신한 소파에 비해 마음은 불편했다.

상담실 안엔 의사 선생님이 앉아 계셨다. 책상 앞에 마주 앉자 따뜻한 미소로 인사해주셨다. 내가 우울증일지, 반사회적 인격 장애일지, 나도 몰랐던 각종 정신 질환이 있을지, 그것도 아니면 사이코패스 기질이 있는 건지 등 걱정이 이어졌다. 의사 선생님이 천천히 말을 시작했고, 나는 최대한 말소리에 집중했다. 선생님의 첫 마디는 모든 걱정이 쓸모없었다는 걸 증명했다. 선생님이 부드럽게 질문했다.

"희석 씨는,
조직에 대한 반발심이 굉장하네요? 원래 그랬어요?"

"네, 원래 그랬고 무식한 군대는 특히나 싫어요 선생님."

정신 상태 때문인지 당시 술로 살을 찌워서인지 모르겠지만, 어쨌든 나는 2등급 몸뚱이로 군대를 다녀왔다. 그토록 혐오하던 군대였지만, 세상에 복귀하니 모든 혜택이 따라왔다. 교수들은 군대 다녀온 남학생이 책임감도 뛰어나다고 추켜세웠다. 아르바이트 모집 공고는 대부분 군필자를 우대했다. 워킹홀리데이로 간 호주에서도 군필자 신분이 먹혀들었다. 한국인이 운영하는 일자리에선 군대만 다녀왔다 하면 만사 오케이였다. 대학 졸업 후 잠시 일했던 곳에서도 '군대 다녀온 남자'니까 뭐든 잘하지 않겠냐며 나를 채용했다. 군가산점 없이도 나는 이미 모든 곳에서 가산점을 받고 있었다.

군대 갈 자격은 남성에게만 주어졌다. 가부장제로 이뤄진 한국은 1등 시민인 남성에게만 군복무의 기회를 열어줬다. 나라를 명예롭게 지키고 그에 따른 보상과 혜택을 받을 '의무'는 남성에게만 있다. 이러면 한국 남자 몇몇은 여성 군인도 있지 않냐고 되묻겠지만, 직업 군인과 징집 장병을 구분하지 못하는 무식함은 이 책에서 굳이 다루지 않겠다. 어쨌든 징병의 호혜를 두고 한국 남자는 억울하다고 호소한다. 남자는 인생에서 2년을 버린다고, 그 2년 동안 여자들은 스펙도 쌓고 더 많이 공부할 수 있다고, 어떻게 이게 평등 국가라 할 수 있냐고 울먹인다. 군무새[1]와 왜 안 가 무새[2]가 퍼덕거린다.

비겁하고 창피하다. 군대 가기 싫으면 정부와 국방부를 공격하면 될 일이다. 평화를 논하는 시대에 왜 징병제를 유지하냐고 한국 남자는 정식으로 따진 적 있나. 국회의원이든 대통령이든 정부 관계자를 붙잡아 공격한 적 있나. 징병제를 폐

1 **군무새** : '군대'와 '앵무새'를 합쳤다. 입만 열면 군대 이야기만 반복하는 한국 남자를 뜻한다.

2 **왜 안 가 무새** : 군무새의 진화종. 입만 열면 '여자들은 군대 왜 안 가?'를 반복하는 한국 남자를 뜻한다. 심지어 병역 면제자 중에도 왜 안 가 무새가 있다. 환장할 세상.

지하라며 거리로 나선 적 있나. 징병제는 헌법적 가치를 위배한다며 헌법재판소에 단체 소송을 건 적이라도 있나. 한국 남자는 정부가 아닌, 별안간 여성을 향해 총부리를 겨눈다. 우리도 가는데 여자는 왜 안 가냐고 따진다. 여자가 징병 대상에서 제외되는 건 평등의 가치를 훼손한다고 외친다. 가부장 국가를 향해 반발하는 게 겁나고 무서우니, 약자인 여성에게 화낸다. 강자에게 약하고 약자에게 강한 가부장 한국 남자의 본성이 그대로 드러나는 대목이다.

사실, 한국 남자의 '군뽕[3]'은 복무 시절엔 단 한 번도 나타나지 않는다. 모든 군뽕은 전역 후에 시작된다. 군필 한국 남자 중에 아직도 자신은 나라를 지키는 주요 병력이라 생각하는 사람이 많다. 전쟁이 일어나면, 길거리에 장갑차 몰 수 있는 남자들이 꼭 하나쯤은 있다며 자랑스러워 한다. 군복을 집에 고이 모셔두고 언제든 꺼내 입고 싸울 수 있다고 선언한다. 대학가 BB탄 사격장이라도 가는 날엔 큰일 난다. 본인이 군대에 있을 때 사격 만발이었다느니, 특급전사였다느니, 이런 총은 총도 아니라며 반동도 없는 게 총이냐고 난리다.

이렇게 군대 좋아하는 한국 남자들이 정작 복무 중엔

---

3 국방의 의무를 과도하게 찬양하는 태도를 말한다. 군뽕에 차면, 군복무의 가치와 보람을 기괴할 정도로 신성하게 표현한다. 희생과 헌신이 주요 감정 맥락이다.

군대를 혐오한다. 사격 훈련 날은 하루종일 울상이다. 사격 직전까지 이어지는 정신 단련 훈련, 사격 후 긴 작대기로 수십 번 총구를 닦아내야 하는 총기 관리 작업, 사격 성적이 좋지 않은 이들에게 내려지는 호통 등이 미리 머릿속에 펼쳐진다. 전시 상황을 대비해 갑자기 군장 메고 대기하는 날이면 더 울상이다. 친구들에게 전화해야 하는데, 오늘 컴퓨터 할 수 있는 날이었는데, PX에서 과자파티 하려고 했는데, 축구하려고 했는데 등의 볼멘소리가 이어진다. 유격, 혹한기 훈련 등이 다가오면 일주일 전부터 욕지거리를 내뱉는다. 이렇게 군대를 싫어하던 한국 남자들이 어찌 그리도 전역 후엔 모조리 군뽕에 취해 군무새가 되는지 의문이다. 그리도 국방의 의무가 신성하다면 한 번 더 가면 되지 않나? 그 신성한 일을 한 번 더 하는 게 '진짜 사나이' 아닌가?

한국 남자들에게 부탁한다. 여자도 군대 가야 한다고 말하기 전에 한 번만이라도 스스로에게 질문해보자. 당신을 군대에 보낸 게 여성인가? 대한민국 여성들이 당신에게 "제발 나라를 지켜주소서"하고 두 손 모아 빈 적 있나? 나라 지키지 않는 남자는 남자도 아니라는 논리를 여성들이 먼저 펼쳤나? 군대 다녀왔다는 사실이 당신의 삶에 어떤 영향을 미치고 있나? 군가산점이 사라지고 나서 당신은 취업 시 여성보다 현저히 불리한 위치였나? 보통의 군필 남성 모두가 그 불리한 경험을 공유하고 있나? 당신은 국가 기관을 대상으로 남성의 군복무 의무를 지워달라고 정식 요청한 적 있나?

우리를 군대로 잡아끈 건 여성이 아니다. 가부장 사회가 1등 시민 혜택을 우리에게만 부여했고, 그 혜택에 따른 의무 중 하나가 군복무다. 가부장 사회는 여성에게 국방의 의무를 부여하지 않았고, 동시에 1등 시민의 혜택 역시 베풀지 않았다. 철저히 여성을 2등 시민으로 분류한 뒤, 의무와 혜택 모두 1등 시민 한국 남자에게만 몰아줬다. 당신이 여성에게 군대 가라고 하는 건, 1등 시민으로서의 혜택만 독식하고 의무는 여성과 양분하자는 주장이다. 정말 치사하고 비겁하지 않나. 누가 이기적인지 다시 한 번 생각해볼 때 아닌가.

한국 남자들이 국방의 신성함을 강조할수록 가부장 사회는 여성을 징집하지 않는다. 신성한 일은 1등 시민만 할 수 있다. 군대 가는 게 그리도 억울하다면, 1등 시민 위치를 거부하면 된다. 국가 기관에 징집의 부당함을 호소하고, 국방 체계를 바꾸자고 외쳐라. 그와 동시에 1등 시민 자격을 포기하자. 가부장 사회를 거부하고, 그동안 빨아왔던 꿀을 토하자. 꿀 빤 적 없다고? 한국 남자 당신의 일상 전체에 꿀이 발려있는데, 거짓말하지 말자.

너무 오랜 기간 그 꿀 향에 취한 우리는 가부장제의 호의, 혜택이 당연한 건 줄 알고 있을 뿐이다. 늦었지만, 지금이라도 정신 차릴 때다.

네가 감히?

잠재적 가해자, 한국 남자

부산에서 한 가족이 살해됐다. 노인 한 명과 중년 부부, 그리고 30대 여성이 피해자였다. 범인은 30대 여성 피해자의 전 남자친구였다. 범인은 가족을 죽인 후 현장에서 목숨을 끊었다. 경찰 조사 결과, 우발적 범죄가 아닌 사전에 치밀하게 계획된 살인이었다. 범인의 살해 동기는 단 하나였다. 여자친구인 30대 여성 피해자가 이별을 통보했다는 이유였다. 헤어지자는 말 한마디 때문에 가족 모두를 죽인 것이다.

여성을 향한 데이트 폭력부터 협박, 살해 등이 연일 이어지고 있다. 조금 더 정확히 말하자면 그동안 드러나지 않았던 여성의 죽음이 이제야 고발되고 있다. 가해 남성과 피해 여성의 성별 구도는 변하지 않은 채, 범죄 정도와 양식만 다양해지고 있다. 어제 연인과 이별을 결심했던 여성이 오늘 살인당할까봐 말을 삼키는 일이 반복되고 있다. 그럼에도 한국 남자는 말한다. 나는 절대 그런 가해자가 되지 않으리라 장담한다. 무엇을 담보로 걸었길래 그리도 자신 있는 걸까. 지금 곁에 있는 연인이 당장 죽을까봐 헤어지자 말하지 못하고 있을 수도 있는데 말이다.

남성이 잠재적 가해자라는 주장에 많은 한국 남자가 반발한다. 아무 잘못도 하지 않은 자신을 왜 잠재적 가해자로 지칭하냐고 난리다. 물론 여러분 중 아무런 폭력 행위를 하지 않은 사람도 있다는 걸 안다. 그러나 그 사실이 당신의 무결을 증명하진 않는다. 주변을 둘러봐야 한다. 연인 사이에서, 혹은 가깝거나 먼 사이에서 발생한 여성 대상 범죄 중 가해자는 대부분이 남성이다. 남자가 죽이고 남자가 때리고 남자가 협박했다. 이러한 일이 하루에 수십 건 발생하는 동안 나와 당신은 아무것도 하지 않았다. 여성 혐오 범죄에 분노만 할 뿐 범죄 발생 가능성을 뿌리 뽑는 노력은 하지 않았다. 심지어 강남역 10번출구 살인 사건엔 “그건 여성 혐오 범죄가 아니야”라는 주장까지 했다. 이런데도 당신이 잠재적 가해자가 아니라고 할 수 있나.

여성 혐오 범죄의 가해자들 중 평소에 폭력이나 살인을 밥 먹듯이 즐긴 남성은 드물다. 가해자 대부분이 한국 남자의 일상 속 친구였거나 가족, 상사, 후배, 동료 등 지극히 평범한 사람들이었다. 그들이 돌연 가해자가 된 건 가부장제 속에서 여성을 하등한 존재로 여겼던 사고방식이 본격적으로 작동했기 때문이다. 보완재 따위가 감히 나를 버렸다는 분노, 1등 시민의 완고한 위치가 흔들렸다는 위기감, 버려져선 안 될 성별을 버린 데 대한 복수심 따위가 모조리 묻어난 범죄다. 가부장제를 해체하지 않은 사회에서 한국 남자는 언제든 평범한 시민에서 범죄 가해자로 전환될 수 있다. 그래서 한국 남자 당신과 내가 잠재적 가해자라는 것이다.

요즘 세상에 어떻게 여성을 하등한 존재로 취급하겠냐고 반문하겠지만, 실제로 한국 남자는 여전히 여성을 2등 시민 자리에 속박해두고 있다. 여러분과 내가 알려고 하지 않았고, 그대로 유지하길 원했을 뿐이다. 또래 친구들의 결혼식을 가보면 아직도 신부의 아버지가 신부 손을 신랑에게 쥐어주는 곳이 많다. 이는 신부를 '건네주는 물건'으로 취급하고, 그 물건의 '주인'은 신랑이라는 사실을, 지인과 친척들에게 확고히 알리는 퍼포먼스다. 공중화장실은 여전히 여자 화장실 줄이 기차처럼 이어져 있고, 남자 화장실은 한산하다. 여성이 선 채로 소변 볼 수 없는 신체적 제한이 있다면, 여자 화장실을 남자 화장실보다 몇 곱절 더 크게 만들어야 한다. 하지만 어제 막 지은 건물만 가봐도 여자 화장실과 남자 화장실 크기는 비슷하다. 한국 남자들은 여성에게 더 많은 공간을 내어주거나 자본을 투자하지 않는다. 2등 시민에게 그러한 배려는 사치라 여긴다.

공개적으로 드러나지 않은 공간에서는 더 심각하다. 룸살롱이 대표적이다. 여성을 옆에 끼고 주무르며 때로는 과도한 요구까지 한국 남자들은 서슴지 않는다. 심지어 그런 공간을 '비즈니스를 위한 곳'이라 추켜세우기까지 한다. 어쩔 수 없이 룸살롱 간다는 한국 남자가 이토록 많은 이유는, 그도 가부장 문화에 동의했기 때문이다. 자신이 가고 싶지 않아도 가야 한다며 성착취를 정당화하고 있다. 재밌는 건, 이런 한국 남자들이 정작 호스트바는 더럽다고 욕한다. 룸살롱에 가는 한국 남자는 '비즈니스 맨'이 되고, 호스트바에 가는 여성은 '썅년'이 된다. 2등 시민 따위가 1등 시민을 상대로 성착취 하는 걸 용납할 수 없는 한국 남자다.

데이트 폭력이나 살인 등의 여성 혐오 범죄는 가부장제를 해체하지 않는 이상 끊이지 않을 것이다. "네가 감히 나를 버렸냐?"의 사고방식이 작동하지 않는 유일한 방법은 가부장제 해체다. 그렇지 않으면 나를 비롯한 한국 남자는 영원히 잠재적 가해자로 살아가야 한다. 그러기 싫다면 얼른 그 가부장제의 굴레를 벗어던지기만 하면 된다. 그동안 누리던 성권력을 벗을 수 있는지 스스로에게 되묻는 작업이, 한국 남자에게 필요하다.

한국 남자는 기억해야 한다. 지금 당신의 연인이 불과 몇 분 전에도 헤어지자고 말하고 싶었지만, 죽을까 봐 참았을 수도 있다. 이 사회에서 살아가는 우리는 언제든 여성을 때리거나 죽일 수 있는 사람들이다.

게이냐?

겁 많은 한국 남자

동성 친구가 한 명 있다. 서로 수다 떠는 걸 좋아해 정신 차리고 보면 서너 시간 흘러가 있다. 주로 카페에 간다. 예전엔 술집도 몇 번 갔었지만 오래 이야기할 수 없었다. 술을 사랑하는 나에 비해, 친구는 소주 세 잔이면 기절 직전 상태로 향했다. 그렇다고 나 혼자만 취하면 대화 진행이 어려웠다. 한 놈은 했던 말을 서너 시간 째 반복하고, 한 놈은 "아 그 말 했다고"를 반복해야 했다. 결국 타협한 장소가 카페, 혹은 맥주를 같이 파는 카페다.

한 번은 이 친구와 심야에 만나 새벽에 헤어진 적 있다. 너무 말을 많이 해서 목이 쉬었고, 커피나 음료를 한 사람당 4

잔씩 마시니 더 이상 마실 거리도 없었다. 그렇게 자리를 털고 집으로 돌아왔다. 전기장판을 최고 온도로 돌려놓은 채 샤워한 뒤 몸을 말렸다. 겨울 공기에 차가워진 몸을 장판과 이불 사이에 밀어 넣으니 세상 모든 게 용서되는 기분이었다. 몽글몽글한 기분으로 단체 카카오톡방 중 하나에 메시지를 보냈다. 새벽까지 수다 털다 누우니 온몸이 피곤하다고 말했다. 그러자 질문이 쏟아졌다.

오 누구랑 그렇게 새벽까지?

친구랑

헐 여자?

아니 남잔데? 중학교 동창

엥? ㅋㅋㅋ미친 게이 새끼들

안희석도 게이임? ㅋㅋㅋㅋㅋ

아 시X 게이ㅋㅋㅋㅋㅋㅋ

게이도 아니고 무슨 남자랑 밤에ㅋㅋㅋㅋㅋㅋㅋ

이런 반응이 어색하지 않았다. 친구와 나는 늘 카페에서 타인의 시선을 받았다. 특히 한국 남자들이 그렇게나 쳐다봤다. 미술을 전공했던 내 친구는 한국 남자 평균 외모보다 월등히 잘생겼다. 게다가 한 번씩 카페에서 장난식으로 내 초상화를 그리기도 했다. 또렷한 이목구비의 잘생긴 남자가 동성과 카페에서 이러고 있으니 우리는 게이일 가능성이 큰 한 쌍이었다. 예전엔 "우리 게이처럼 보겠다"며 농담만 했지만, 언젠가 카페에서 들릴 듯 말 듯 한 대화가 귀에 꽂혔다.

"야, 게이지 저것들?"
"바이[1]지 바이. 한 놈[2]은 얼굴이 구리잖아."

사실 친구와 나를 보고 양성애자일 거라던 그 말은 여성이 했다. 그렇다고 그 여성을 비난할 생각은 없다. 친구와 나의 행위를 게이스럽거나 괴상한 것으로 몰고 간 건 한국 남자들이다. 성권력이 불평등한 세상에서 한국 남자의 선동은 현실이 된다. 예를 들어, '카페에서 남자가 수다 떠는 건 게이

1 바이섹슈얼을 뜻한 것으로 추정. 바이섹슈얼은 양성애자로도 통용되는데, 통념과 달리 바이섹슈얼을 양성애자와 동일시 하는 걸 반대하는 성소수자도 있다.

2 당연하게도 저자를 뜻함.

같은 짓'이라고 한국 남자들이 곳곳에서 떠들어대면, 가부장 사회는 그 외침을 진리로 새겨버린다. '스타벅스 들락거리고 명품 좋아하는 여자는 된장녀'라는 조롱이 사회 풍토가 돼버린 것도 이 한국 남자 선동 문화와 다르지 않다. 우리를 양성애자로 본 여성 또한 한국 남자 선동 문화의 피해자일 뿐이다. 이처럼 한국 남자는 서로를 갉아 먹는 현실은 외면한 채, 여성이 남성을 혐오한다고 웅얼거린다.

어쨌든 남성 친구와 카페에서 오래 이야기했다는 사실만으로도 내가 '미친 게이 새끼'가 된 건 한국 남자의 가부장제 충성심 때문이다. 한국 남자는 '여자들이나 할 법한 행위[3]'를 구분 지어놓고, 그 행위 주체에 남자가 가담하는 걸 용납하지 않는다. 남자 망신시키는 놈들이라며 게이라 조롱한다. 게이가 특히나 한국 남자의 놀림거리가 된 건 별다른 이유가 없다. 게이는, 가부장제가 인정하는 '올바른 남성[4]' 기준에서 벗어났기 때문이다. 가부장 사회는 한국 남자에게 '감정의 교류', '사랑의 표현', '내면에 대한 깊은 이야기' 등을 하지 말라고 가르

---

3 세상에 '여자들이나 할 법한 행위'는 없다. 이러한 구분 짓기는 곧 '여자는 하면 안 되는 행위'까지 양산해 남성 권력의 확장을 꾀한다.

4 사전적 의미의 올바름이 아니라, '가부장 사회가 생각하는 올바름'을 뜻한다. 필요할 때 폭력적이고, 여성을 언제든 착취할 수 있게 권력을 강화시키는 데 일조하는 등 가부장 산물을 적극적으로 유지하고 전파하는 남성을 가르킨다.

친다. 특히나 남성끼리 이러한 행위를 할 때는 증오와 배척의 대상으로 공격한다. 게다가 '올바른 남성'이라면 여성의 성착취에 힘써야 하는데, 게이는 남성끼리 관계를 맺고 있으니 여러모로 가부장제에 도움이 안 된다고 생각하는 것이다. 게이를 혐오하지 말라고 해도 소용없다. 오히려 혐오할 자유를 운운하며, 가르쳐 들려는 의지만 가득하다.

게이를 긍정적으로 바라본다는 한국 남자도 막상 군대 이야기만 꺼내면 혐오 발언을 서슴지 않는다. 군형법 92조 6항 '(군인에 대하여) 항문성교나 그 밖의 추행을 한 사람은 2년 이하의 징역에 처한다'는 내용에 가장 민감하다. 해당 조항은 남성 군인끼리 섹스 혹은 스킨십을 행하면 강제 여부와 상관없이 무조건 처벌할 수 있다. 남성 동창 중 한 명을 만났을 때, 이 조항 이야기가 나왔다. 나는 사람을 성적 지향으로 처벌하는 게 말이 안 된다고 했다. 그러자 그놈의 대답은 놀라웠다.

"근데 게이랑 같은 생활관에 있으면,
걔가 밤에 나 강간할 수도 있잖아?"

게이는 무조건 강간을 할 것이라는 혐오적 생각, 그리고 성교 가능한 대상이 근처에 있으면 언제든 강간이 이뤄질 수 있다는 잠재적 가해 인식이 골고루 묻어난 사고방식이었다. 해당 조항이 없으면 강간은 물론이거니와 강제 추행도 막을 수 없을 거라는 걱정까지 이어졌다. 권력을 가진 자가 성적으로 끌리는 대상이 있으면 언제든 추행이나 강간이 가능하다는 사고가 무의식 중에 깔려 있다. 이런데도 한국 남자에게 잠재적 가해자가 아니냐고 물으면 "어떤 미친놈이 갑자기 여자를 강간하겠어?"라고 화낸다.

나와 친구의 카페 수다, 그러니까 한국 남자가 말하는 '여자들이나 할 법한 행위'를 증오하는 것에는 또 다른 감정이 깃들어 있다. 두려움이다. 한국 남자는 부드럽고 '여성적인 것[5]'에 두려움을 느낀다. 여성들처럼 마음을 터놓고 고민을 공유하지 못하니까, 그렇게 감정을 교류하면 게이 같은 놈이라 불릴 테니까, 게이라 불리면 마초가 못 될 거라 생각하니까, 그러면 한국 남자 연대에서 강제 퇴출당할 거 같으니까, 퇴출당하면 어디 가서 큰 소리 못 치니까 등의 두려움으로 자신을 옭아매고 있다. 이 두려움이 말도 안 된다고 생각하는 한국 남자는 아직 자신의 두려움을 발견하지 못했거나, 발견했어도 외면할 뿐이다.

---

5 앞서 설명했던 '여자들이나 할 법한 행위'와 맥을 같이 하는 개념이다. 가부장 사회가 생각하는 '여자 행동'을 뜻한다. 이는 그릇된 성관념이 만들어낸 성차별적 구분 짓기지만, 한국 남자들의 언행을 설명하기 위해 본문에 활용했다.

나도 그랬다. 나는 카페에서 수다 떠는 친구 말곤 그 어떤 동성 친구들에게도 깊은 고민을 말해보지 않았다. 두려웠다. 내가 고민에 허덕여 힘들다는 이야기를 꺼내면 루저가 될 것만 같았다. 그렇다고 친구들이 전형적이 마초 문화, 즉 지하 유흥이나 여자 이야기가 없으면 안 되는 환경을 추구했던 건 아니다. 다같이 만나서 즐거운 이야기로 웃고 놀리고, 그저 신나는 자리가 항상 이어졌다. 그러나 이런 모임이 십수 년 이어질수록, 진솔한 마음이나 자신의 가치관, 고민 등을 꺼내기 힘들어지기 시작했다. 가부장 문화가 완고한 세상에선 아무리 가까운 사이의 남성 친구들이라 하더라도, 자연스레 서열이 매겨졌다. 이 서열 속에서 생채기를 보여주는 것은 곧 가장 낮은 곳으로 기어가는 꼴이었다. 그렇기에 나는 서열 하락을 막기 위해 상처와 아픔을 숨기기 바빴다. 서열이 낮아지는 건 너무나 두려웠다.

물론 그때의 내 감정이 두려움이었다는 사실을 깨달은 건 그리 오래되지 않았다. 이 두려움을 나는 허울 좋은 명분으로 포장하기 바빴다. '나도 내 걱정이 버거운데 이걸 이야기하면 걱정하는 사람만 늘리는 꼴이야'라는 핑계로 덮어둘 뿐이었다. 같이 걱정해주는 사람을 늘리는 게 왜 잘못된 것이냐는 질문 앞에 서서야 비로소 나는 내 두려움을 만져볼 수 있었다.

한국 남자들 중에서도 분명 나처럼 고민을 깊이 묻어둔 사람이 많을 것이다. 나를 비롯한 한국 남자들은, '남자는 자기만의 동굴이 필요해'라는 허세를 빨리 지워야 한다. 우리는 동굴을 무너뜨리고 다같이 고통을 공유해야 한다. '여자들이나 할 법한 일들'은 세상에 없다. 당신이 생각하는 그 일들은, 당신을 충만하고 풍요롭게 만드는 일들이다. 무엇보다, 동성애 혐오를 멈추고 성소수자를 조롱거리로 삼지 말아야 한다. 게이 같아서 게이라고 하는데 왜 혼내는 거냐고? 유치하다고 생각하지 않나. 한국 남자를 줄여서 '한남'이라 부르는 데도 그토록 화낸 당신들이 할 이야기는 아니다.

거짓 미투 유죄
그러나 방관은 무죄

모든 한국 남자, 유죄

**** 이 글은 안희정 사건 2심 판결이 발표된**
2019년 2월 1일 전에 작성된 내용입니다.
따라서 1심 판결, 즉 안희정이 '무죄'라고 선언한
사법부의 결정을 중심으로 서술했음을 밝힙니다.

미투 운동으로 시작된 반(反)성폭력의 함성은 한국 사회에 여러 의미의 변화를 불러일으키고 있다. 상처받는, 혹은 상처받았던 여성들이 드디어 목소리를 낼 수 있게 된 반면, 그 당시 왜 나는 목소리를 숨기기 바빴을까 하는 후회 섞인 분노로 잠 못 이루는 여성도 많다. 혁명의 시작과 함께 불면의 밤이 이어지는 아이러니를 제공한 건 누가 뭐래도 한국 남자다. 부정할 수도, 부정해서도 안 되는 사실에 대해 한국 남자들은 반성부터 해야 한다.

그러나 미투 물결의 역방향으로 한국 남자의 분노가 치밀고 있다. 꽃뱀처럼 꼬셔놓고 왜 미투하냐는 분노, 그리고 왜 성범죄 가해자가 아닌 일반 남성도 반성해야 하느냐는 분노다. 안희정과 안태근 사건에서 두 분노는 명확하게 드러난다. 혹시나 지금 이 글을 읽는 한국 남자 중에 안희정 사건과 안태근 사건이라는 단어가 어색하다면, 그만큼 당신은 주로 피해자를 입에 올렸기 때문이다. 세간에 드러난 성범죄 사건 대부분이 피해자의 이름으로 불렸으며, 지금도 별반 다르지 않다. 나는 이 책에서 굳이 두 사건의 피해자 이름을 기록하지 않기로 했다. 그들이 기억될 필요 없다는 게 아니라, 더 반복적으로 불려야 할 이름은 가해자의 이름이기 때문이다.

한국 남자들은 안희정 사건에서 '거짓 미투'를 말하고 안태근 사건에서 '방관의 무죄'를 말한다. 안희정 사건 1심이 무죄로 나오던 순간 한국 남자들이 입을 모아 말했다. "거 봐라, 저 여자가 뭘 바라고 기획한 거다. 거짓 미투다!" 젠더감수성이 떨어지는 사법부 덕분에 한국 남자들은 다시 힘을 얻게 됐다. 가부장 사회에서의 권력은 늘 가부장의 편을 들 수밖에 없다. 한국 남자와 안희정이라는 가부장에게 도움 되는 판결은, 피해자의 미투가 거짓일 가능성이 크다는 결론밖에 없다. 사법부는 무죄의 이유로 안희정이 **위력은 있었으나 그 위력을 사용한 증거는 없다**고 결론지었다.

이 결론을 가만히 살펴보면 앞뒤가 맞지 않는다. 표준

국어대사전에는 '위력'의 정의를 '상대를 압도할 만큼 강력함. 또는 그런 힘'이라 말한다. 위력의 정의에 따라 해석해보면 사법부는 안희정이 피해자를 압도할 만큼 강력한 힘을 가지고 있으나, 그 힘을 사용하지 않았다고 말한 셈이다. 위력에 의해 압도되고 있다는 판단을 피해자 중심이 아니라 가해자의 잣대로 판단한 것이다. 결과적으로 사법부는, **피해자가 위력에 압도되지 않았으니 안희정과의 성관계는 합의를 통해 이뤄진 과정**이라고 판결했다.

그렇다면 위력과 관련해 사법부는 늘 비슷한 판결만 내렸을까. 절대 아니다. 2006년 3월 1일, 철도노조 총파업에서 당시 김영훈 철도노조위원장은 '위력에 의한 업무방해죄'로 구속기소 됐다. 철도노조위원장이라는 지위를 이용해, 노동 조합 구성원들에게 "노동을 거부하라"라고 지시했다는 거다. 위력을 행사해 철도 공사의 운영을 방해했으니 김 위원장은 유죄라는 결론이다.

이 재판은 기나긴 과정을 거쳐 결국 유죄로 확정됐다. 물론 김영훈 위원장은 당시 위력을 행사한 적이 없다고 줄곧 항변했으나, 사법부는 그 주장을 받아들이지 않았다. 오히려 파업 때문에 사 측이 정상적으로 사업할 자유의사가 제압됐으니 이거야말로 '위력이 발생한 증거'라고 말했다. **위력이 이뤄**

졌고 안 이뤄졌고는 철저히 '피해자 입장'에서 생각해야 한다는 것이다.

자가당착이다. 안희정 사건에선 위력의 증거를 가해자 입장에서 판단하고, 철도노조 파업에선 피해자 입장에서 판단했다. 명백한 가부장 사회의 권력 중심 판결이다. 남성과 여성 중 남성을, 남성과 남성 중엔 권력이 더 큰 쪽을 배려하는 게 사법부다. 가부장 사회는 항상 권력이 더 큰 쪽으로 '중립'이 이동한다. 안희정과 피해자 사이에선 안희정이 중립이고, 철도공사와 노동자 사이에선 철도공사가 중립인 것이다. 이런데도 안희정 사건이 정당한 판결이라 할 수 있을까. 피해자가 거부 의사를 '큰 소리'로 말하지 않았다는 점이 무죄의 증거로 납득 가능한가. 한국 남자들은 섹스 전에 상대방이 아무 말 하지 않는다면 그게 무조건 '동의'를 뜻한다고 말할 것인가. 아니라고 한다면, 아직도 안희정 사건이 거짓 미투라 말할 수 있나.

안태근 사건 이후 한국 남자들은 방관이 얼마나 큰 잘못인지 반성해야 한다. 안태근 사건이 일어날 당시, 피해자 주변엔 동료 남성 검사가 여럿 있었다. 만약 그중 한 명이라도 안태근에게 뭐 하는 거냐고 물어봤다면, 피해자가 언론 앞에 설 일이 있었을까. 물론 한국 남자들은 이렇게 생각할 수도 있다. '봐도 참은 놈은 문제지만, 못 본 놈은 잘못이 없지 않나?'

말을 조금 더 가다듬어보자. 과연 못 본 걸까 안 본 걸까. 가해 현장 자체를 보지 못 했다면, 사건 이후 피해자의 여성 동료가 해당 사실을 검찰 내부에 공론화했을 때도 남성 검사들은 보지 못 했을까. 못 봤다는 의미는, 자신이 보려고 하는 의지의 바깥에서 일어났다는 걸 말한다. 사건 당시 안태근 외의 모든 남성 검사들은 피해자의 처지를 '못 본' 게 아니라 '안 보려고 노력'한 것이다. 여성 피해자가 어떤 상태인지, 어떤 어려움을 겪고 있는지 굳이 볼 필요 없으니 안 본 거다.

안 보려고 노력한 것, 즉 방관은 유죄다. 가부장 사회, 특히 위계가 확실한 조직에서 성폭력 사실을 타인이 고발하기란 힘들다고 말할 수도 있다. 그래서 한국 남자 당신과 내가 더욱 유죄라는 말이다. 우리 같은 방관자들이 피해자 입을 틀어막았고, 안태근이 활개 치도록 도와줬다. 못 본 건 죄다. 당신과 내가 못 봤다는 건 피해자를 늘리는, 가부장 사회의 여성 편력 문화를 한층 강화하는 행위에 가담했다는 의미다. 가만히 머무르는 사실 자체만으로 우리 한국 남자들은 가부장 문화를 완고히 하는 힘을 가지고 있다. 우리의 성권력이 생각보다 얼마나 더 무섭고 강력한지 깨닫는다면, 안태근 사건의 방관자를 무죄라 말하거나, 안희정 사건이 거짓 미투라 말할 수 없을 것이다.

문제는 한국 남자들이 부당한 성권력을 알려고 하지 않는다는 점이다. 나 또한 성권력의 실체를 이제 겨우 깨달았다. 30년 동안 몰랐다는 거다. 성권력 휘하에 놓인 사실을 모르는 건 이유를 막론하고 유죄다. 나는 30년 동안 죄인으로 살았고, 이제야 죗값을 하나씩 갚으려고 한다. 하지만 우리의 한국 남자들이 함께 할 생각이 없으니 어떻게 해야 할까. 이 책은 과연 당신의 마음을 움직일 수 있을까.

좀 좋게 말하면 안 돼?

그럼 좋게 말할 땐 들었나?

한국 남자 A에게 보내는 편지

친구야 잘 지내? 난 가부장제의 실체를 하나씩 알아가면서부터 네가 불편해졌어. 늘 여자는 어떠해야 한다거나, 야하지 않은 여자는 진정한 여자가 아니라는 말을 입에 달고 살던 너였지. 예전에는 널 단순히 미친 놈 정도로 여겼지만, 이젠 안 되겠더라.

그래서 여느 때처럼 너와 술 한 잔 하던 날, 나는 결심했지. 네가 그토록 싫어하는 메갈리아와 워마드 이야기를 꺼내 보기로. 나는 네가 회개할 기회를 바라고 있다고 생각했거든. 그런데 그때부터였지? 우리 사이가 틀어진 게. 그때 너의 마지막 말이 아직도 귓가를 맴

돌아. 넌 '경상도 남자답게' 술판을 뒤엎을 듯이 몸짓하며 말했지. **"페미고 나발이고 다 좋은데, 좀 좋게 말하면 안 되나? 왜 남혐을 하냐고!"**

사실 나는 그 전부터 너와 멀어질 거라 생각했어. 내 애인이 여성주의 단체에 가입한다고 했을 때 기억나? 너는 페미니즘이 무섭다고 했어. 아직 페미니즘에 대한 인식이 안 좋지 않냐며, 메갈리아나 워마드가 하는 거 보면 소름 돋는다고 했지. 그래서 내가 페미니즘의 갈래는 여러 개고, 네가 무서워하는 건 운동의 한 형태뿐이라 설명해도 너는 귀를 닫았지. 어쨌든 무섭다고, 그걸 사상으로 받아들이기 힘들다고 했지. 혐오에 혐오로 맞서는 건 잘못됐다는 말만 반복했어.

참 웃기지 않아? 우리가 30년 가까이 살아오면서 '페미니즘'이라는 단어를 인식하게 된 건 불과 몇 년 전부터잖아. 너와 내가 같은 고등학교를 졸업할 때까지도 우리는 페미니스트들의 활동을 눈으로 본 적이 없어. 아무리 경상도라 하더라도 부산은 제2의 수도라 불릴 정도로 큰 도시인데 우리는 페미니스트의 실체를 본 적 없어. 페미니스트는 과거부터 쭉 존재해왔는데 우리는 전혀 몰랐지. 내 주변에도, 너의 주변에도 없었어. 그렇다고 우리가 정보 결핍의 시대에 머무른 것도 아니지. 과연 우리는 몰랐던 걸까, 몰라야 하도록 세상이 우리 눈앞에 벽을 세워준 걸까. 왜 우리는 단 한 번도 페미니즘을 궁금해하지 않았을까.

그렇게 무지한 우리가 페미니즘을 눈과 귀와 몸으로 겪을 수 있었던 계기가 무엇이었을까? 페미니즘 사상가들의 시위 활동? 여성 단체가 정부나 국가 주요 기관에 전송한 성명서? 아니면 신문에 한 번씩 나오던 페미니스트들의 칼럼?

아니. 너와 나는 메갈리아가 등장하면서부터 페미니즘의 존재를 '인정'했지. 네가 그토록 싫어하던 그 '남혐'과 '미러링'이 이뤄지고 나서야 우리는 페미니즘이 무엇인지 알아가기 시작했지. 기성세대의 기성세대, 또 그 세대의 기성세대 때부터 존재했던 페미니즘을 뒤늦게 깨닫게 된 계기가 미러링, 그리고 메갈리아였어. 너는 지금 우리의 무지를 깨트린 계기를 향해 총구를 겨누고 있는 상황이야. 혐오의 실체를 몰랐던 그때로, 남자가 잘못했다는 사실을 세상이 감춰주던 그때로 돌아가기 위해 맹렬히 화내고 있어.

좋은 말, 부드러운 언어를 싫어하는 사람은 없어. "한국 남자들은 모조리 죽어야 한다"보다 "여성 혐오를 멈춰주세요"라는 말이 더 듣기 편한 건 사실이야. 그런데 우리는 페미니스트들에게 부드러운 언어를 요구할 자격도 명분도 없어. 왜? 지난 30여 년 동안 몰랐잖아. 그렇게 여성 혐오를 없애자는 페미니스트들의 외침, 시위, 성명서, 칼럼 등을 우리는 외면했지. 부드럽고 편안하고 학구적인 말로 교양 있는 역사를 이어왔지만, 결국엔 여성 혐오 범죄와 문화는 사라지지 않았어.

모른 채 살았고, 알려고 하지 않았고, 혹여 알게 됐더라도 별 신경 안 쓰고 살았지. 우리에겐 그게 더 편했으니까. 알려고 하지 않아도 세상은 우리 중심으로 돌아갔으니까. 그런데 이제 와서 좋은 말로 남자들을 유도하라고? 군대에서 널 하루에 수십 번씩 때리던 선임을 좋은 단어들로 교화했다면 먹혀들었을까? 그 선임이 "아이고 A야 내가 큰 실수를 했구나, 미안하다"라고 사과했을까?

'한남충'과 '소추'의 맞은 편엔 '김치녀'와 '허벌창'이 웃고 있다는 걸 알까 모르겠다. 물론 너는 김치녀라는 단어를 한 번도 쓰지 않았다고 말할 거야. 나도 알아. 나 역시 김치녀라는 단어가 싫었거든. 그런데 우리가 쓰지 않았다고 해서 무죄는 아니라는 점을 꼭 알려주고 싶다. 학교 친구들이나 인터넷 공간에서 김치, 김치거리며 조롱하는 애들을 우리가 저지한 적 있었나? 다들 김치녀로 웃고 떠들 때 그저 옆에서 같이 웃기만 했지. 그게 웃기든 웃기지 않든 남성 연대에 어우러지는 '쿨함'을 보여주려고, 예민하게 보이지 않으려고 더 크게 웃기도 했지. 결국, 우리는 김치녀와 허벌창을 세상에 퍼트린 주범 중 하나일 뿐이야. 그렇게 방치하고 같이 즐기기까지 했으면서 우리가 혐오를 조장하지 않았다고 말할 수 있을까? "남혐을 멈춰주세요"라고 구걸하기엔 이미 늦지 않았을까?

혐오에 대응하는 혐오는 분명 좋기만 한 현상은 아니야. 하지만 좋은 말로 해서 안 먹히면 때리고 부수고 정신 차리도록 만드는 게 당연하잖아. 정치사상이 진보에 가깝다던 너는 5·18광주민주화운동을 숭고한 희생이라 생각하고 있어. 나도 그래. 그들의 피와 죽음이 없었으면 나는 오늘 아침에도 어떤 독재자의 사진에 대고 경례하며 출근했겠지.

그런데 5·18광주민주화운동이 막 일어났을 당시, 광주 바깥의 사람들은 어떻게 바라봤을까? 영화

〈택시 운전사〉의 송강호처럼 그들을 '빨갱이'라 비하하지 않았었나? 어떻게 '감히' 국가를 향해 반기를 드는 거냐고 혀를 차지 않았었나? 당시 혁명이 일어나자마자, 전 국민이 한순간에 한마음으로 "5·18광주민주화운동은 민주주의를 위한 혈투다"라고 외쳤더라면 이처럼 많은 희생자가 발생했을까?

비슷하지 않아? 남혐이 잘못됐다고 말하는 네 머릿속에도 광주 바깥의 사람들과 같은 생각이 펼쳐지고 있지 않을까? 어떻게 '감히' 남자를 향해 혐오를 표출하냐고 혀를 차고 있지 않아? 워마드로 지칭되는 그들이 먼저 나서서 화살 맞아주고 있는 지금, 이 순간이 훗날 성평들을 위한 희생으로 기록될 거라는 생각은 할 수 없을까? 민주주의와 페미니즘을 이렇게 동일 선상에 두는 게 말이 안 된다고 한다면, 그건 네가 그만큼 페미니즘을 무시하고 있다는 뜻 아닐까? 여자가 하는 것들은 죄다 마음에 안 드는 심리가 밑바닥에 깔린 건 아닐까?

좀 좋게 말하면 안 되냐는 너의 질문에 대한 답은 하나야. 안 되지. 좋게 말해서 안 들었던 우리였기 때문에 그들의 언어를 판단할 수 없는 거지. 이 판단에 대한 자격은 너와 나, 그리고 우리 한국 남자들이 모조리 삭제해버렸잖아. 그러게 애초에 페미니스트 목소리에 귀 기울이고, 더 알려고 하고, 그들의 위치에 서서 세상을 바라봤다면 우리가 '한남'으로 불리지 않았을 텐데. 나도 많이 아쉬워. 그런데 어쩌겠냐. 우리가 자초한 세상에 분노하면 우리 얼굴에 침 뱉는 꼴인데.

친구야. 오늘 아침 네 출근길은 어땠는지 궁금하다. 위층에서 한 사람씩 태워오느라 터질 것 같던 엘리베이터, 너와 비슷한 지역으로 출근하는 사람들로 가득 찬 전철, 회의 전에 서로 커피 내리느라 바쁜 탕비실에서 이미 많은 사람에게 지쳤을 거야.

그런데 그렇게 지치기만 한 너에 비해 같은 공간

에 있던 여성들은 '위협'을 느꼈다고 하면 너는 믿을까. 여성들은 너의 손이 갑자기 본인의 몸을 만지진 않을까, 성기를 밀착시키진 않을까, 눈으로 몸을 훑어대진 않을까, 별안간 몸매가 어떻고 얼굴이 어떻다며 칭찬을 가장한 희롱을 하진 않을까 두려워했을 거야.

억울하다고? 억울하지만 어떡해. 너와 나, 그리고 한국 남자 모두가 만든 세상이 이런데. 이래도 페미고 나발이고 좋은 말로 해야 할까? 그래도 좋게 말해야 한다고? 그럼 우리 관계는 이걸로 끝내야 할 거 같다. 세상은 점점 바뀌어 가는데 너는 갈수록 뒤로 물러서고 있네. 너 진보적인 남자라며. 네가 말하던 진보는 누구를 위한 진보일까.

성공하면 여자가 따라 붙는다

여성을 상품화 하는 한국 남자

한국 남자에게 여자는 상품이었다. 어떤 성공을 이루면 돈과 명예, 그리고 여자가 당연히 따라 붙는다고 배워왔다. 나도 마찬가지였다. 학창시절 여자 연예인이나 또래 여자친구들에 대해 이야기할 때면, 선생님은 말했다. "너네 공부 열심히 해서 좋은 대학 가봐라. 그런 애들은 알아서 줄줄 따라 붙는다." 여자들이 선택할 권리나 의지는 전혀 고려되지 않았다. 우리는 그저 열심히 공부해서 성공하면 여자는 '덤'이라 교육받고, 생각하며 자랐다. 아직도 "10분 더 공부하면 마누라 얼굴이 바뀐다"라는 급훈이 한국 남자들에겐 어색하지 않다.

이러한 교육 환경 속에서 나를 비롯한 한국 남자들은

고등학교에 입학하면서부터 본격적으로 여성을 상품화하기 시작했다. 누구는 몸매 때문에 A급이고, 누구는 얼굴 중에 턱만 제외하면 B급이고, 누구는 오히려 돈을 받고 섹스해야 하는 폐급이라는 등 온갖 평가가 여성을 향해 던져졌다. 그 대상은 또래 친구, 연예인, 심지어 교내 여성 선생님까지 예외 없었다. 여성이라면 누구든 장바구니에 담았다. 실제로 고등학교 선생 중 가장 한국 남자스럽던 선생은 수업 중 대놓고 얼평과 몸평을 하기도 했다.

"야, 나는 말이지 여자 얼굴이랑 몸 중요도를
3:7 비율로 보거든? 근데 너네 여자 물리쌤 알지?
그 쌤이 딱 내 기준에 맞더라고. 라인 작살나잖아."

남자 고등학교라 더 당당했던 선생의 성상품화에 대해 누구도 쓴소리 하지 않았다. 다같이 키득거릴 뿐이었다.

여성의 성상품화 작업이 점차 진행되자 '따먹었다'는 표현이 만연했다. 누가 누구를 '따먹었다'는 사실이 업데이트될 때면 하루종일 그 이야기가 전교에 조용히 맴돌았다. 모든 한국 남자들이 침흘리던 대상이 그 '따먹힘' 목록에 등재되면, 암암리에 '영웅' 찾기를 시작했다. 그 애를 '따먹은' 놈은 배은망

덕하면서도 부럽고 우월한 존재로 금방 자리매김했다. 그 애와 원래 어떤 사이였으며, 어떤 인과관계가 있었는지 등은 전혀 고려되지 않았다. 그저 가장 가치 있는 그 상품을 '따먹었다'는 사실 하나면 충분했다. 이 일련의 과정이 일어나는 동안, 적극적으로 제지하는 한국 남자는 전혀 없었다. "호들갑 좀 그만 떨어라" 정도의 말만 뱉어도 한국 남자들은 정색하며 물었다. "왜? 원래 네가 따먹으려고 했었냐?"

나를 비롯한 한국 남자들은 이렇게 여성을 착취 가능한 상품으로 생각하며 살아왔다. 한국 남자 정서 자체가 그랬고, 기성 한국 남자가 장악하고 있는 교육 환경마저 그랬다. 이게 잘못됐다거나 이상하다는 생각이 드는 순간 무리에서 이탈될까봐 입을 닫았고, 더 센 척하며 살았다. 수많은 음란 언어로 평가되던 여성들에 반해 한국 남자들은 누구도 성상품화의 고통을 받지 않았다. 학교에 가면서도 화장을 해야 하나 말아야 하나 걱정하지 않았고, 어떤 옷을 입어야 더 날씬해 보일지, 어떤 표정과 말투로 행동해야 '선택받는 남자'가 될 수 있을지에 대해 괴로워하지 않았다. 우리 한국 남자들은 늘 선택하는 입장에서만 생각했다. 어떤 모습으로 상품들에게 다가가야 내 선택이 거절당하지 않을지, 어떤 표정과 말투로 행동해야 저 상품을 획득할 수 있을지 등을 고민할 뿐이었다. 선택의 주체는 객체의 고통을 생각할 필요 없었다.

성상품화라는 맥락에서 한국 남자들은, "우리도 상품화될 때가 있다"라며 억울해한다. 대표적인 예가 '재범 오빠 찌찌파티'다. 가수 박재범의 공연에서 한 여성 팬이 들었던 피켓에 저 문구가 적혀 있었다. 한국 남자들은 분개했다. 남자가 여성 가수 공연에서 '찌찌파티'를 흔들었으면 구속감인데, 여자는 그렇지 않다며 역차별을 운운했다.

어떻게 이토록 적극적으로 멍청함을 증명할 수 있는지 의문이다. 남자가 여성 가수에게 '찌찌파티'를 말하면 당연히 범죄다. 억울하다고 울기 전에 생각 좀 하자. 남자가 '찌찌'를 말하면 성희롱이 되는 세상은 누가 만들었나. 같은 가슴인데도 남성에게 달려 있으면 신체고, 여성에게 달려 있으면 섹스 도구가 되는 세상을 누가 만들었나. 한국 남자를 비롯한 전세계 가부장들이 여성의 신체를 성상품화시켜놓고 이제 와서 남자는 왜 '찌찌파티'를 말하지 못하냐고 아우성이다. 또한, '재범 오빠 찌찌파티' 피켓을 흔든 건 단순히 한 명의 여성 팬이다. 단 한 명이 그 피켓을 든 것 가지고 한국 남자들은 몇 년이 지나도록 유난이다. 아직도 여자를 두곤 가슴이냐 골반이냐, 얼굴이냐 몸매냐, 글래머냐 슬랜더냐, 꿀벅지냐 아니냐로 온몸을 세분화시켜 상품화하고 있으면서 고작 단 하나의 사례에

거품 물고 발악한다.

한국 남자들이 여성을 상품으로 생각하는 이유는 명백하다. 여성을 하나의 인간이 아닌, 남자의 손길이 필요한 존재로만 여기고 있기 때문이다. 이건 한국 남자들의 잘못과 함께, 가부장 사회의 모든 요소들이 '여성은 남성이 없으면 불완전한 존재'로 몰아간 이유도 있다. 자녀의 성을 무조건 아버지 성에만 따라야 한다는 호주제가 폐지된 건 불과 10여 년 전이다. 아직도 한국 남자가 고인이 된 장례식장에 가면 부인을 '미망인'이라 표기한다. 미망인은 '살아서 남은 사람'이 아니라 '아직 죽지 않은 사람'을 뜻한다. 남편이 죽으면 부인 역시 당연히 죽어야 한다는 뜻의 호칭이 아무렇지 않게 통용되고 있다. 이러한 사회 분위기가 바뀌지 않는다면 한국 남자들은 앞으로도 계속 여성을 미완의 존재로 여길 뿐이다.

더 심각한 건 이 사고방식을 '아닌 척'하며 말하는 한국 남자도 있다는 점이다. 여성을 향한 폭력 근절에 남성이 나서지 않으면 안 된다며 유난스럽게 기사도 정신을 강조하는 한국 남자들이 있다. 그런 한국 남자들에게 "당신은 여성을 향한 폭력이 사라져야 한다고 생각하십니까?"라고 물으면 당연히 그래야 한다며 열변한다. 그런 한국 남자에게 다시 "그렇다면 당신은 가부장 사회가 제공한 남성 권익을 반성하고, 남성 중심주의를 해체해야 한다고 생각하십니까?"라고 물으면 얼굴을 찡그린다. 그들의 핵심 사고는 결국, 미완의 존재인 여성은 완벽한 존재의 남성이 보호해야 하며, 상품에 불과한 여성에게 어떤 사회적 자격이나 역할까진 맡길 순 없다는 논리일 뿐이다.

한편, 여성을 상품 취급하는 역사를 부정하진 않지만, 요즘은 그렇지 않다는 한국 남자가 많다. 논증 없는 주장은 '구라'라고 했다. 나를 비롯한 한국 남자들은 구라를 접고 현실을 직시해야 한다. 당장 구글 이미지 검색에 '여자'를 치면 나오는 수많은 결과가 여성의 성상품화 현실을 대변한다. '남자'를 쳤을 때 나오는 결과와 차이점이 보이나. 이런 현상을 만들어낸 건 다른 누구도 아닌, 한국 남자 당신과 나다. 이런데도 남자가 성도착증 환자처럼 보이지 않길 원하나. 그건 너무나도 이기적이다.

<참고자료>

구글 이미지 검색 결과

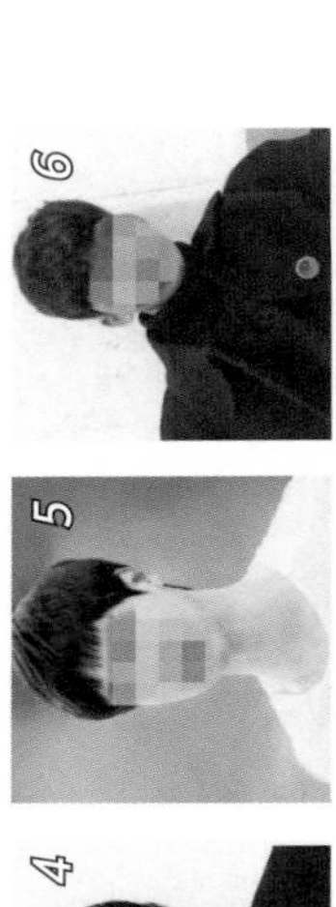
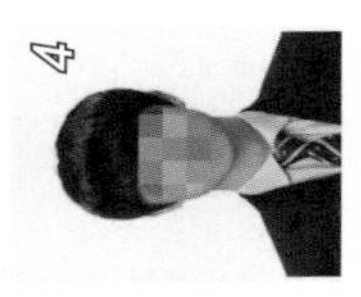
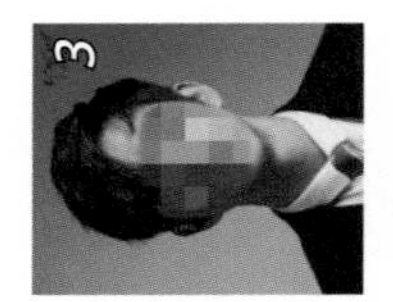
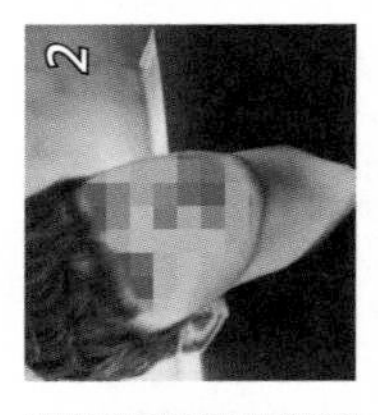
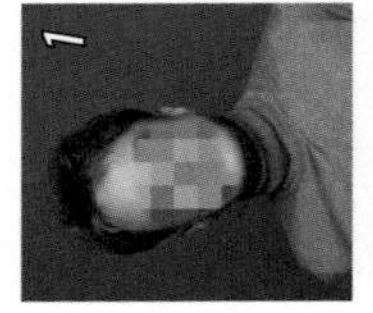
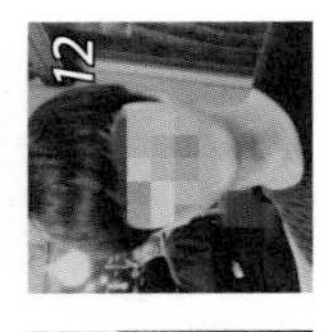
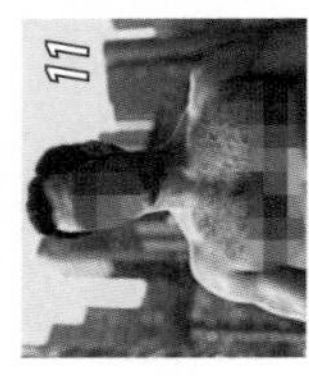

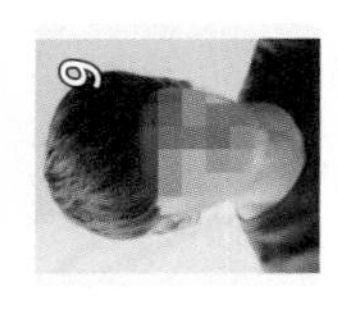
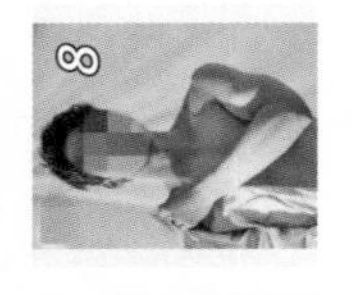
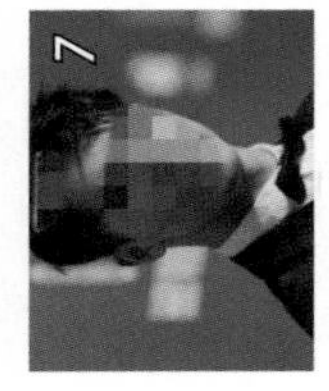

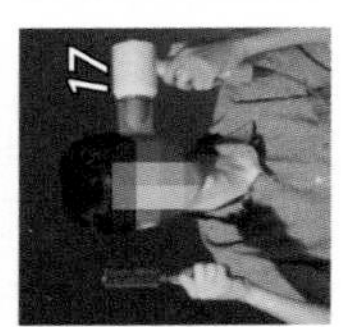
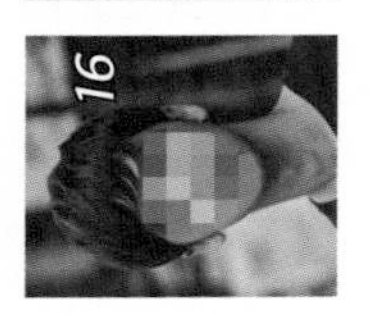
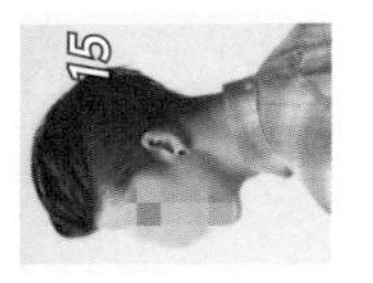
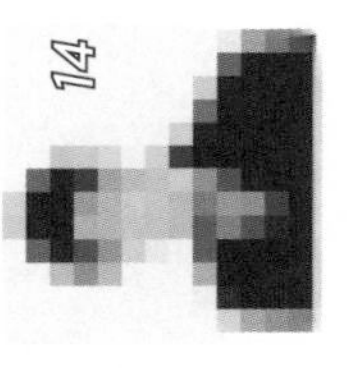

구글 '남자' 이미지 검색 최상단 결과 (2019년 2월 11일 기준)

1. [단독] ***, 남자에게도 성추행 "현 활동 배우의 증언"
2. [남자 브라운 염색] 브라운염색 유행컬러 총정리!
3. 슬슬 트렌드로 떠오르고 있는 남자 헤어스타일 '쉼표머리' | ***
4. 20대 남자 선생님이 가정과목 교사된 이유가 궁금…
5. 우는 남자
6. 투블럭 쉐도우펌 / 남자 펌 추천
7. 중국 남자 '***'
8. [문득궁금증] 남자 젖꼭지로도 수유가 가능할까
9. 가발사랑 ***
10. 바람 불면 말짱 도루묵…남자 '옆머리' 사수하는 법?
11. 100명의 여자들이 뽑은 이런 남자
12. 여자들이 남자 얼굴 안 보는 이유
13. 다 좋은데 2% 아쉬운 남자친구의 단점 버릇 고치기
14. Character/Line art/Drawing::기본 스탠딩 포즈 남자 그리기
15. 남자의 품격을 높여라! 요즘 유행하는 남자 헤어스타일 BEST 3
16. 가발***
17. 남자는 머리빨!
18. 남자 볼륨펌 자연스러운 볼륨을 원해

*※ 실명 및 업체명은 '***'으로 표기했습니다.*

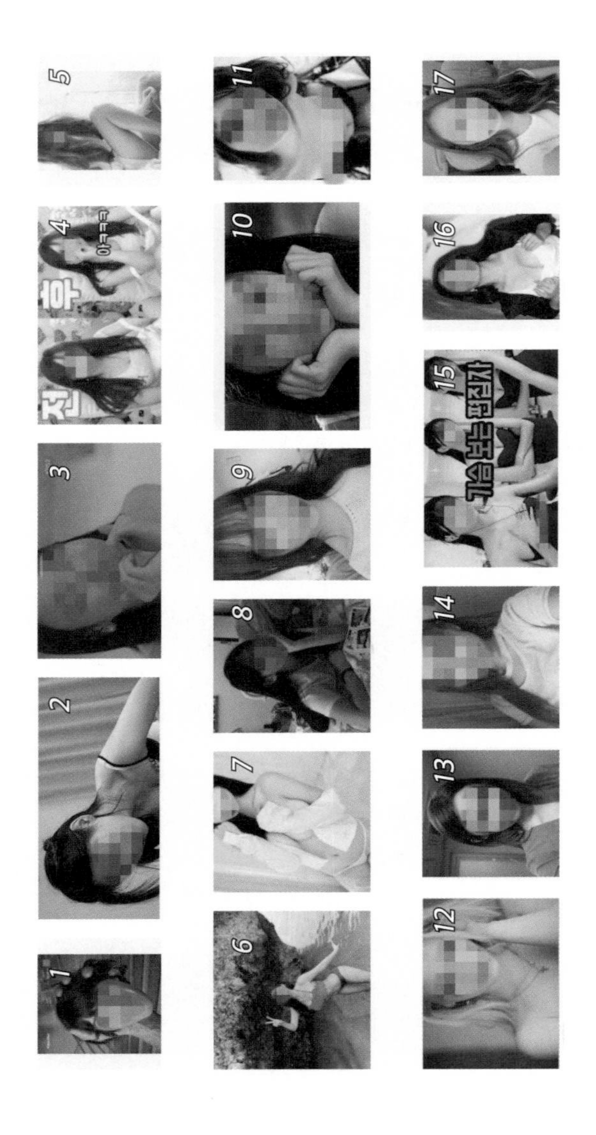

구글 '여자' 이미지 검색 최상단 결과 (2019년 2월 11일 기준)

1. 여자친구에게 자주 연락을 해야 하는 이유
2. 19) 완벽한 여자는 드문 거 같습니다
3. 남자가 좋아하는 여자행동 8개만 기억하자
4. 남자 해바라기를 여자가 싫어하는 이유
5. 남자들은 여자 허벅지를 왜 좋아해요?
6. 몸무게 63kg 나가는 여자
7. 아시아 섹시한 여자 거대한 유방 일본 스타일
8. *** 여자친구, *** "거짓말쟁이" 저격→글 삭제..논란ing
9. 여자친구 ***
10. 남자들이 곰보다 '여우'같은 여자를 더 좋아하는 이유
11. 소녀 에로티즘 가슴
12. 남자가 좋아하는 여자의 모습
13. 남자가 어색한 쑥맥 여자의 특징 3가지
14. 태국 여자 100명 사진으로 보는 태국 여자 성격, 문화, 결혼
15. 가슴 보는 편집자 남자가 여자를 처음 볼 때 가장 먼저 보는 곳은
16. ***, 포즈는 최대한 야하게 '형의 여자'입니다 우~
17. 여자가 좋아하는 얼굴 vs 남자가 좋아하는 얼굴

*※ 실명 및 업체명은 '***'으로 표기했습니다.*

• '남자' 검색 결과는 대부분 뉴스 기사와 헤어스타일 및 가발에 관한 정보였다. 남성의 신체에 관한 이미지는 **8번**이 유일했으나, 해당 이미지는 단순 뉴스 보도를 위한 자료로 활용되고 있었다. 뉴스 내용 역시 **남성의 수유 가능 여부를 과학적으로 분석한 정보전달 목적**에 불과했다.

• 이에 반해, '여자' 검색 결과는 성적도구화 행위가 만연했다. **2번** 이미지는 한 AV 배우의 가슴 사이즈가 작다는 이유로 '완벽한 여자는 드물다'고 표현했으며, **6번·7번·11번·14번·15번·16번** 등은 대놓고 여성의 얼굴과 몸을 성적도구로 유린하고 있었다.

• 특히 **14번**은 태국 일반 여성 사진을 허락 없이 게시글에 활용하고 있었다. '태국 여성의 외모 수준이 이렇다'라든지, '관광지에서 자라 허영심이 많다'라는 등 전형적인 가부장 한국 남자의 여성 혐오 게시글이었다.

• 성인인증을 거치지 않고도 여성의 나체 전시 사진을 무리 없이 열람할 수 있었고, '남자' 검색 결과와 달리 **단순 정보전달 목적의 이미지는 단 하나도 발견할 수 없었다.**

그건 사적인 일이야

사적 영역의 살인자, 한국 남자

대한민국이 어느 정도 먹고 살만해지자, 국가는 '공과 사'의 개념을 명확히 긋기 시작했다. 공적 영역에선 부국강병을 위해 모든 국민이 함께 뛰어야 했다. 국가는 여남 구분 없이 개인을 '산업 역군'이라 칭했지만, 정작 경제적 가치가 뛰어난 직종은 한국 남자에게만 부여했다. 공적 영역에서 한국 남자들이 이리저리 뛰는 동안, 나머지 모든 일은 여성들이 사적 영역에서 알아서 해결하도록 방치했다. 가사, 육아, 사생활 등 국가가 신경 쓰기 귀찮은 일들을 사적 영역으로 밀어 넣음으로써 대한민국은 단기간 고성장에 도달했다.

대한민국 GDP는 급경사를 이루며 성장했다. 그러는

동안 여성은 사적 영역에서 착취, 폭행, 강간 등 다양한 고통에 신음했지만, 공적 영역의 팡파르가 모든 외침을 묻어버렸다. 국가는 점점 공과 사의 경계를 뚜렷이 그어갔다. 국가는 더 이상 사의 영역에 손 뻗치지 않기 시작했다. 국가가 지정한 공적 영역에서, 정치·경제·사회·문화 분야 어디서든 뛰어난 역량을 보인 한국 남자는 정의롭고 가치 있는 사람으로 추앙받았다. 그런 한국 남자들이 집으로 돌아가 부인을 걷어차거나 가사에 전혀 손대지 않아도 국가는 눈감아줬다. 사적 영역에선 당사자끼리 합의하면 될 일이므로 국가 개입은 금물이라고 했다. 이 국가의 핵심 책임자 역시 모조리 한국 남자였기에 가능한 일이었다.

공과 사의 역사가 이어지는 사회 덕분에 내 생물학적 아버지 또한 폭군과 성군을 오갈 수 있었다. 그는 매우 폭압적이고 가부장 한국 남자의 끝을 보여주는 사람이었다. 자신의 의견이 관철되지 않으면 집안 기물을 부쉈고, 때때로 어머니를 때리기도 했다. 차분한 대화보다는 고함과 욕설이 더 익숙한 사람이었다. 여성 편력도 굉장히 심해 어머니 마음을 난도질한 적이 한두 번으로 끝나지 않았다. 한국 남자 중의 한국 남자지만, 아이러니하게도 가정 바깥의 사람들은 그를 '멋진 남성'으로 추앙했다. 사람이 시원시원하고, 호탕하고, 배려심도 깊다며 칭찬했다. 공과 사의 경계를 누구보다 잘 활용했던 그다. 더 놀라운 건 그 당시 나는 이게 당연하다고 생각했다. 아버지라는 존재는 원래 밖에선 칭찬받고 집안에선 무서운 사람이어야 하는 줄 알고 자랐다. 한국 남자는 사적 영역에서 제멋대로 굴어도 된다는 그 성차별적 당위성을 나도 모르게 수긍했던 것이다.

사적 영역의 일들을 지극히 사소한 것들로 치부하는 버릇은 언론에서도 볼 수 있다. 홍상수·김민희의 열애설 관련해, 소위 '진보 언론'으로 불리는 신문사마저도 말도 안 되는 칼럼을 떡하니 게시했다. 대학 강사에서 대리운전기사로, 즉 명망있는 직종에서 가장 낮은 곳으로 왔다던 남성 기고자는 홍상수의 연애를 '사적인 것'으로 치부했다. 그는 대리운전을 하면서 여러 사람을 태우는데, 부부를 태울 때와 불륜 커플을 태울 때 두 당사자가 서로를 향하는 언행이 다르다고 말했다. 불륜은 뜨거우나 부부는 서로에게 시큰둥하다며, 홍상수·김민희의 열애에 손가락질하는 사람들은 과연 진짜 사랑을 하고 있는지 되물었다. 이어 결론쯤엔 떡하니 두 사람의 불륜을 사적 영역으로 밀어 넣어버렸다. 사랑하는 건 그들의 자유이고, 이해 당사자들끼리 나누고 풀면 그만이라며, 결과에 따른 책임도 그들이 지면 될 일이라 일갈했다.

이 기고자는 홍상수·김민희의 열애를 비난하지도 응원하지도 않는다며 '중립'에 발을 넣었다. 하지만 가부장 사회에서 중립에 발 넣는 건 남성 권력에 편입하겠다는 뜻일 뿐이다. 홍상수·김민희의 열애는 비난이 마땅하다. 그들의 연애를 응원하거나 방치하는 건 한국 남자에게 부여된 성권력을 본격 이용하겠다는 뜻이다. 사적 영역에서 이뤄지는 일들은 대중이 눈감아줘야 한다는, 공과 사의 경계를 한 번 더 진하게 긋는 행위다. 그는, 나처럼 가정 불륜으로 상처를 겪은 사람을 향해 '냉철함'으로 포장한 비수를 내리꽂았다.

사의 영역에서 이뤄진다는 이유로 용서되는 건 없다. 여기에 용서와 관용을 베푸는 건 가부장 사회에 적극 충성하는 한국 남자 습성이다. 만약 원로 여성 감독이 멀쩡한 남편 버리고 청년 남성 배우와 연애한다고 해도, 세상이 지금처럼 관용적일지 생각해봐야 한다. 지속적으로 영화를 찍고 거리를 활보하고, 언론들이 그들을 '진정한 사랑'으로 포장해줄까. 원로 여성 감독을 '늙은 창녀'라 비난하고, 청년 남성 배우는 '성노리개 피해자'로 부르는 게 최솟값이지 않을까.

사적 영역에서 일어나는 피해는 비단 불륜과 폭력뿐만 아니다. 한국 남자들은 섹스마저 사의 공간으로 밀어 넣어버린다. 섹스했다는 사실과 그 안의 모든 과정을 공공연히 밝히고 다니라는 말이 아니다. 섹스에 포함된 모든 과정을 타인의 저지가 필요 없는 '사적인 일'로 갈음하지 말아야 한다. 섹스가 사적 영역으로 완벽히 덮이는 순간, 여성은 모든 성폭력에 노출된다. 부부 강간이 대표적이다. 부부 사이에서도 강간죄가 적용된다는 판례가 최초로 나온 건 겨우 2009년이다. 그동안 사법부는 법이 부부의 내밀한 성관계에 개입하는 것은 지나치다는 인식으로 대응했다. 실제로 1970년, 다른 여자와 동거하는 남편에게 이혼 소송을 제기했다가, 당사자끼리 합의해 고소를 취하한 여성이 있었다. 그러나 소송이 취하되자마자 남편은 아내를 2일간 감금한 뒤 강제로 성관계를 맺었다. 명백한 강간이지만, 당시 대법원은 부부간에는 강간죄가 성립되지 않는다고 판결했다. 1970년은 경부고속도로가 최초로 개통되고 수출 10억 달러를 달성했다며 온 나라가 들썩일 때였다. 공적 영역의 팡파르는 이렇게 사적 영역의 피해자 목소리를 쉽게 묻어버린다.

30년 넘게 흐른 지금도 한국 남자들은 섹스를 사적인 것으로 더욱 밀어 넣고 있다. 벗고 넣고 싸는 게 끝인 섹스에 무슨 성권력이며 공적 영역이며 따지냐고 화낸다. 인간의 섹스는 무조건 생식에 목적을 두지 않는다. 벗고 넣고 싸는 게 끝이라 주장할수록 한국 남자가 유사 인류임을 증명하는 꼴이다. 섹스는 전후 과정 모든 지점에서 서로 괜찮냐고 묻고 상대의 몸 상태에 집중해야 한다. 이 시간 속에 강압·폭언이 있다면 누구든 당장 거부하고 문제를 제기할 수 있어야 하지만, 섹스를 사적 영역으로 뒤덮을수록 누구도 뭐라 할 수 없게 된다.

'모텔에 같이 들어갔다'는 사실 만으로도 모든 강간이 용서되는 것 역시 공적 개입을 차단한 결과다. '모텔에 들어간 것=섹스 동의'라는 맥락이 사회적으로 용인되고, 이 맥락 덕분에 상대 여성의 동의 여부는 크게 중요치 않은 게 한국 남자들이다. 모텔 안에서의 'NO'는 무조건 'YES'로 강제 해석되며, 추후에 상대 여성이 문제제기하면 꽃뱀으로 몰아간다. 말도 안 되는 현상이지만, 국가와 정부는 이를 바로 잡으려 하지 않았고 지금도 모르쇠로 일관하고 있다. '모텔에서의 섹스'는 사적 영역이라는 이유 하나만으로.

모든 일은 공적인 영역에서 다뤄질 수 있어야 한다. 사생활을 모조리 오픈하자는 게 아니다. 한국 남자들은 사의 영역이 없다는 생각을 끊임없이 유지해야 한다. 특히, 가부장 사회인 한국은 젠더 문제와 관련한 모든 사안을 공적 영역에 놓을 수 있어야 한다. 성권력이 불평등한 상태에서의 사적 영역은 모조리 남자가 승리할 수 있는 구조로 짜여있다.

공적 영역도 한국 남자가, 사적 영역도 한국 남자가 이기는 세상에서 여성은 궁지에 몰려있다. 이 세상을 만든 건 나를 비롯한 당신, 그리고 우리의 아버지와 할아버지 등 대대로 내려오던 한국 남자 문화의 산실들이다. 막중한 책임의 무게를 당신은 단 한 번이라도 깨달은 적 있나. 그걸 알고도 역차별을 말한다면 당신 역시 사적 영역의 살인자에 불과하다.

내가 얼마나 잘해줬는데

소꿉놀이를 연애라 부르는 한국 남자

한국 남자 A는 얼마 전 애인에게 차였다. 연애 기간이 꽤 길었다. 두 사람은 곧 결혼이라도 할 것만 같았다. A는 연애하는 동안 늘 데이트 비용을 본인이 계산했다. 애인이 가고 싶어 하는 곳이 있으면 차를 끌고 가기도 했다. 애인의 생일땐 가장 비싸면서도 부담스럽지 않을 선물을 골랐다. 애인 앞에선 불평이나 불만을 표출하지 않았고, 항상 애인의 기분을 맞추려 노력했다. 사실 A는 자영업자라 매일매일이 힘겨웠지만, 애인에게 절대 말하지 않았다. 그렇게 세월이 흘렀고, A의 애인은 어느 날 이별을 선고했다. 그녀의 이별 사유는 "행복해지고 싶어서"였다.

한국 남자 B도 얼마 전 애인에게 차였다. 해를 두어 번 넘길 정도로 만났던 사이다. B는 연애하는 동안 애인에게 충성하다시피 행동했다. 애인이 원하는 게 있으면 언제든 오케이였다. 애인은 크리스마스, 연말 파티 등을 학창시절 친구들과 보내고 싶어 했다. 그럴 때면 B는 군말 없이 그리하라고 했다. 애인이 갑자기 맛집이나 좋은 카페, 관광지에 가고 싶다고 하면 B는 선약을 모조리 취소하고 애인 앞에 나타났다. B 역시 A처럼 고민이나 불평 따위는 애인 앞에서 숨겼다. 애인이 매일 행복할 수 있게 좋은 이야기만 전했다. 여느 때처럼 데이트하러 나간 B는 애인과 헤어져야 했다. 그녀의 이별 사유는 "연애하는 것 같지 않아서"였다.

A와 B는 한동안 넋을 잃고 살았다. 그들은 입 모아 말했다. "내가 얼마나 잘해줬는데." A와 B가 애인에게 딱히 크게 잘못한 건 없다. 대개의 한국 남자처럼 애인을 가르치려 들었다거나 폭압적으로 섹스를 강요하거나 애인의 기분과 상관없이 제멋대로 하지도 않았다. 그렇다고 애인을 속인 채 다른 여자를 만나러 다닌 것도 아니고, 오로지 애인만 바라보며 살아왔다. 순정을 다해 사랑했는데 이렇게 이별을 통보 당했다

라고 보는 게 일반적인 한국 남자들의 생각이다. 애인 기분도 맞춰줬고 싫은 소리도 안 하고 데이트 비용도 척척 계

산했는데 행복하지 않다? 연애하는 것 같지 않다? 마치 자신의 순애보가 부정당하는 듯한 기분일 거다. 그러나 정작 A와 B의 애인들이 느낀 건 순애보가 아니었다. 그저 연인 간 정해진 역할을 하나씩 행하는 '소꿉놀이'를 하는 기분이었을 것이다. '남자친구가 해야 할 것'들을 기계적으로 하는 A와 B에 충분히 지치고 질렸을만 하다.

한국 남자들은 좋은 곳, 맛집, 예쁜 카페를 '가는 것'에만 집중한다. 갔다는 사실 하나만으로 자신의 역할을 다했다고 생각한다. 그 안에서 나눌 대화, 감정의 교류 등은 전혀 생각하지 않는다. 유명한 카페로 애인과 함께 가는 것 자체가 자신이 할 수 있는 최선이라 생각하고, 카페 문을 열고 들어가 음료를 계산하고 자리에 앉는 순간 역할이 소진됐다고 생각한다. 그러니 공간 안에서 이뤄지는 모든 대화나 행위 자체가 지루해지고, 핸드폰 게임이나 하고 앉아있다. 그런 한국 남자의 모습을 보고 있는 애인은 속이 썩어 문드러진다. 자아가 온전한 성인과 연애를 하는 건지, 생각과 사고가 어린 시절에 멈춰버린 채 몸만 커버린 꼬마와 소꿉놀이를 하는 건지 회의감 들 뿐이다. 이런 날들이 반복되는 게 싫어서 이별을 고하면 착한 남자를 차버린 나쁜 여자가 된다. 나쁜 여자 정도면 다행이다. "개도 결국 김치였네"라는 말이 주변 한국 남자 입에서 튀어나온다.

A와 B의 경험은 특별하지 않다. 한국 남자 대부분이 이들과 비슷한 경험을 가지고 있다. 가부장 사회에서 자란 한국 남자들은 연애를 어떻게 하는 건지 모른다. 미디어에서 겪고 배운 것들을 자기들 마음대로 해석하고 조합하고, 세대 간 물려주면서 연애의 정석을 세운다. 이게 잘못됐다고 깨닫거나, 더 나은 연애 방법을 알려고 하지 않는다. 따라서 애인이 어떤 기분이고 어떤 대화를 원하는지 등은 한국 남자들에게 중요하지 않다. 바보처럼 그냥 수용하기 바빴던 '남자 친구 역할'만 충실히 해내면 성공적인 데이트라 생각한다.

사실 이런 역할극이 한국 남자에겐 더 편하다. 남자 친구가 해야 할 것들 리스트만 잘 이행하면 섹스라는 보상이 따라온다고 배웠으니까. 서로의 감정을 꺼내거나, 깨닫지 못했던 자아를 연인을 통해 찾아보려던 상대방의 시도는 섹스에 의해 무력화된다. 아무리 많은 데이트를 한들, 기승전섹스가 전부인 관계에서 행복이나 연애의 충만함을 느낄 순 없다. 이런 맥락을 모른 채, 아니 알려고 하지도 않은 채 한국 남자들은 푸념한다. "역시 여자라는 것들은 잘해주면 안 돼."

한국 남자들이 애인에게 좋은 모습만 보여주려 하는 것, 고민이나 깊은 감정을 보여주지 않으려 하는 건 가부장제가 만든 또 다른 병폐다. 가부장 사회에서는 남성이 자기 통제를 잘해야 한다고 가르친다. 이에 한국 남자들은 애인에게마저 자기 통제의 능숙함을 증명해, 관계의 우위를 점하려고 한다. 언제든 침착할 수 있는 자신의 모습에 상대방이 귀속되길 원했던 것이다. 나 또한 그랬다. 혼자 삭히고 감내하면서 상대방이 언제든 기댈 수 있는 존재로 보이려고 발악했다. 그게 가부장 사회가 가르쳐준 '든든한 남자'가 되는 방법이라 생각했다. 로봇 같은 내 모습에 상대방은 도대체 사람과 연애하는 건지 목석과 연애하는 건지 혼란스러울 뿐이었을 것이다.

그렇다고 한국 남자들이 애인에게 오만 불만을 다 표출하고 떼쓰라는 말은 절대 아니다. 역할극에 집착하지 말고 대화나 감정 교류에 집중하는 연습을 거듭해야 한다. 가장 내밀한 사이와의 대화에도 이렇게 미숙한데, 어떻게 평생을 함께 하자거나 아이를 낳아달라고 요구할 수 있겠나. 게다가 연인에게 행복한 감정도 전해주지 못하면서 '공원 산책만으로도 행복한 연애'를 하겠다고? 자기 자신을 알기 전에 가성비부터 따지지 말자. 그럴수록 우리는 도태될 뿐이다.

난 여혐 안 해

숨 쉬듯 일상화된 한국 남자의 여성 혐오

여성을 혐오하지 않는다는 한국 남자들이 많다. 그들 대개는 여자친구를 사랑하고, 어머니를 존경하고, 주변 또래 여성들에게 아무런 위해를 가하지 않는데 어떻게 본인이 여성 혐오자냐고 따진다. 여성 혐오는 일베들이나 하는 것이라며 청렴결백을 주장한다. '극히 일부'의 경우를 제외하면, 한국 남자 대부분은 여성을 좋아하고 친절하게 대한다는 것이다. 그럼 그들 말대로 여성 혐오자가 '극히 일부'라면, 지금 여성 혐오로 귀결되는 모든 말과 글과 범죄들은 여성들의 피해망상일 뿐이라는 결론에 이른다. 이 부당한 논리를 한층 강화시킨 건 일베다.

나는 일베가 굉장히 지능적이고 치졸한 방법으로 여성 혐오에 당위성을 부여했다고 생각한다. 일베는 한국 남자 대부분이 '여혐=일베에서나 하는 것'으로 생각하게끔 만들었다. 더 자극적이고 심각한 여성 혐오 발언과 게시물, 범죄 공모 계획을 일베 안에 펼쳐놓음으로써 일베 바깥의 여성 혐오는 아무것도 아닌, 그러니까 '민감한 여성들의 피해망상'으로 전락시켰다. 그들은 한국 남자들이 일상에서 아무렇지 않게 여혐할 수 있는 환경을 조성했다. "그거 여혐이야"라는 지적에 "여혐? 난 일베 안 하는데 무슨 소리야?"라는 대답이 즉각 출력되는 구조가 한국 남자 머리에 자리 잡고 있다.

일베는 여혐의 전부가 아니다. 빙산의 일각, 일각의 일각도 안 된다. 혐오라는 단어에 집착하는 한국 남자들은 여성을 직접적으로 공격하는 것만 여혐으로 생각하고 있다. 여혐은 여성 폭력, 멸시, 조롱, 비하, 성적 대상화, 상품화, 불신 등 다양한 의미를 포괄하고 있다. 일상에서 버젓이 여혐이 일어나고 있는데도 한국 남자들은 그것은 '싫어하고 미워하는' 행위가 아니라며 여혐을 부정한다. 자기 일이 아니니까 이토록 천하태평이다. 청년들이 너무 무기력하다는 말에 "기성세대가 헬조선 현실을 알기나 하냐"라고 분노하던 한국 남자들이, 여혐 하지 말라는 지적엔 "여자들이 너무 민감하다"라고 말한다.

기성세대나 한국 남자나 똑같은 외부 관찰자 입장이면서 내로남불이다.

나를 비롯한 한국 남자 대부분이 여혐을 부정한 대표적 사례는, 배우 유아인의 '애호박 게이트'다. 나 또한 애호박 게이트 당시, "이거 너무 나간 거 아닌가?"라는 말을 내뱉었다. 하지만 이건 남성적 시각에서만 해석한 무지의 권력이었다. 물론 유아인 말대로, 유아인 본인은 발언 대상자 성별을 모르는 상태였다. 굳이 프로필을 타고 들어가 여성인지 남성인지 살피지 않고 그저 언어유희라 생각한 농담을 던졌을 뿐이다. 트위터에는 늘 그런 식의 농이 주를 이뤘으니까. 그러나 본인의 의도와 달리 해석한 사람이 있다면, 특히나 그 사람이 여성에게 위협적이라 지적했다면, 정중하게 사과했어야 했다. 그는 애호박 게이트 이전에 이미 스스로를 '페미니스트'라 규정했으니까 말이다.

자칭 페미니스트라면, 여성주의에 입각해 모든 사고를 논해야 한다. 여성주의라 해서 거창할 건 없다. 페미니스트라던 유아인은 그저 기득권 남성이 아닌, 그 반대편에 있는 여성의 입장을 우선시하면 될 일이었다. 페미니스트라면 지극히 쉽고 당연한 일이다. 그런데도 유아인은 사과 대신 페미니즘의 진위를 구분하기 시작했다. 스스로를 페미니스트라 규정한 사람이 하는 행동치곤 실망스러운, 아니 오히려 여성 인권에 퇴행적인 태도였다. 가부장 권력은 이렇게 한 남성을, 자신이 부정하던 모습으로 금방 이끌고 갈 수 있음을 증명했다.

'자칭 페미니스트' 유아인 외에도 나를 비롯한 한국 남자들은 도대체 왜, 왜 애호박으로 맞아봤냐는 말이 여혐인지 의문일 것이다. 나 또한 그랬으니 말이다. 생각해보면 우리 한국 남자들은 때린다는 표현을 너무나 쉽고 당연하게 표현해왔다. 내 의도대로 언제든 상대방에게 '맞아봤냐' 혹은 '때릴 것이다'라는 말을 전하는 건, 내 권력이 상대방보다 적어도 동등하거나 우위에 있을 때만 가능하다. 유아인이 불특정 1인을 향해 '맞아봤냐'라며 때리겠다는 뉘앙스를 풍길 수 있었던 건, 자신의 사회적 서열이 상대방보다 낮지 않다는 걸 무의식 중에 확신했기 때문이다. 불특정 1인이 여성인지 남성인지 따지기 전에 이 권력적 행태를 누군가가 불쾌하고 여성 혐오라 느꼈다면 정중히 사과하고 풀어나가는 게 당연하다. 그러나 설전을 두고 보던 한국 남자들은 유아인부터 감싸기 바빴다. '유아인의 의도는 그게 아니었다'라는 명분과 '여자들이 너무 예민하다'라는 결론을 과감하게 합체했다. 의도에 정당성을 부여하고 결론을 주관적으로 해석하는 건 또 다른 폭력이다. 성폭력 가해자가 '내 딸 같아서 그랬는데'라는 명분으로 '피해자가 너무 예민하게 받아들였다'고 결론 짓는 것과 무엇이 다른가. 의도치 않은 결과에 책임지는 건 철저히 가해자의 몫이다.

애호박 게이트 외에도, 나를 비롯한 한국 남자 여러분이 당연하게 해오던 것들 곳곳에 여혐 요소가 숨어 있다. 숨쉬듯 자연스럽게 해왔던 것들이 여혐이라고 하니 많이들 당황스러울 테다. 한국 남자들이 가장 의아해하는 게 처음 보는 여성에게 "예쁘다"라고 말하면 여혐이라는 사실이다. 여성의 외모가 예뻐서 예쁘다고 하는데 그게 칭찬이지 어떻게 여혐이냐는 한국 남자가 많다. 여러분처럼 나도 예쁘다는 말이 여혐인 줄 몰랐다. 오히려 칭찬인 줄로만 알았다. 부끄럽지만, 나도 한국 남자스러운 발언들을 숱하게도 뱉어왔다.

예쁘다는 표현은 가부장 남성의 외모 품평이다. 이 품평은 한국 남자 여러분이 생각하는 '예쁜 외모' 범주에 해당 여성을 포함시키겠다는 가부장적 선언이다. 당신이 생각하는 '예쁜 외모'는 한국 남자가 '인정'하는 미적 기준에 도달한 상태에 더해, 당신의 개인적 취향이 묻어난 외형일 뿐이다. 해당 여성에게 '예쁘다'라고 평가하는 건 반대로, 그런 외모가 아니면 '예쁘지 않다'라고 기준을 그어버리는 행위다.

이러면 "여자도 남자 외모를 두고 잘생겼다고 하지 않느냐"라고 발끈하겠지만, 여성에 비해 매일 숨 쉬듯 외모 평가를 일삼는 한국 남자들이 할 말은 아니라고 생각한다. 여성에 대한 미적 기준을 가장 먼저 구축해왔고, 그 기준이 진리인 양 떠들어대면서 여성을 각종 타입으로 묶어버리는 데 적극 나선 건 한국 남자다. 여성을 성적 대상화 하고 상품화시켜 한국 남자가 '만족하는 외모'로 밀어 넣고 있는 것이다. 이러니 새 정부 외교부 장관에게 실력이나 경력을 칭찬하는 게 아니라 백발 단발부터 대놓고 칭찬하는 정치인이 버젓이 활보할 수 있는 것이다.

외모 평가부터 각종 소소한 것들 모두 여혐투성이라 그런지 여성 대상 범죄가 일어나도, 그럴만한 이유들을 끌어온다. 이수역 폭행 사건이 그 극치를 보여줬다. 언론사들이 선봉대를 자처했다. 여성들이 욕설하는 장면을 보도 화면에 삽입해 '분노를 일으키게 할 만한 사건'으로 포장했다. 이어 여성 대상 폭력에 '성별 대립' 프레임을 씌웠고, 여혐과 남혐이 부딪힌 시대의 참상으로 귀결시켰다. 여기에 한국 남자들은 폭행당한 여성에게 '그럴 만 했다'라고 일갈했다. 피해 여성을 한 인격체, 동등한 인간으로 보지 않고, 자신들이 구축한 '여성상'에서 벗어난 불한당으로 취급한 결과다.

일상에 깃든 여혐이 사라지지 않는다면 강남역 살인 사건에 이어 수많은 데이트 폭력과 여성 대상 살인 역시 사라지지지 않을 것이다. 이 말인즉슨 나를 비롯한 한국 남자 여러분이 여성 혐오 범죄에 아무런 제재를 가하지 않고 있다는 뜻이다. 여자친구를 사랑하고 어머니를 존경한다고 해서 여혐하지 않는다는 논리는 잘못됐다. 한국 남자 여러분이 정말 여혐하지 않는다고 증명할 수 있다면 지금이라도 여혐 요소에는 어떤 것들이 있는지, 지난날 우리가 숨 쉬듯 해왔던 모든 말과 글과 행동에서는 여혐 요소가 없었는지, 겉보기에 부드러운 단어들로 여성을 복종하게 만드는 게 사랑이자 연애라고 생각하진 않았는지 되돌아보고 깨달아야 한다. 깨달은 후엔 그걸 어떻게 고쳐나가고 남성 연대에서 지워낼지 함께 이야기할 수 있어야 한다. 이런 최소한의 노력도 없이 한국 남자들이 여혐하지 않는다는 말은 성립되지 않는다.

"뭐만 하면 여혐이래"라는 말이 나돈다. 일상처럼 반복했던 언행에 여혐 지적을 받았다면, 나를 비롯한 한국 남자들이 그만큼 숨 쉬듯 여성을 혐오했다는 뜻이다. 혐오 당사자가 혐오라 지적하는데 이마저도 '그건 혐오가 아니야'라고 주장하는 건 비겁하고 오만한 태도다. 부끄러운 줄 알아야지.

우리는 정말로, 아무런 여혐도 없이 살아가고 있는 걸까. 그렇다고 한다면 당신은 또 무슨 명분을 내세울 텐가. 그 명분은 다분히 남성적 시각에서만 해석된 건 아닌가.

여자 맞아?

코르셋 강요하는 한국 남자

화장한 또래 여성을 많이 만날 수 있었던 때는 대학 시절이다. 고작 몇 달 만에 수험생 신분에서 성인으로 도약한 신입생 때, 모두가 각자의 꾸밈에 최선을 다했다. 그러나 여자 친구들에 비하면 한국 남자들은 수월했다. 화장도, 머리 세팅도, 옷차림도 여자 친구들이 하는 것과 비교했을 때 몹시 '수수'했다. 여자 친구들은 아침 9시 수업에도 화장과 머리가 완벽한 상태로 왔고, 나를 비롯한 한국 남자들은 어떻게 여자 친구들은 저렇게 부지런한지 의문일 뿐이었다. 사실 의문보다는 '여자는 원래 저런 DNA를 타고났다'라고 생각했다.

그렇게 신입생 티를 조금씩 벗을 때부터 화장하지 않은

여자 친구들이 종종 1교시에 등장했다. 그럴 때면 나를 포함한 한국 남자들은 키득거리기 바빴다. "와, 누구세요? 내가 알던 걔 맞아?"라며 난리였다. 그 여자 친구는 모자를 더 푹 눌러 썼고, 하루종일 마스크를 하고 다니기도 했다.

그때 한국 남자들은 여자가 화장하지 않은 게 대수였다. 물론 이런 장난을 당사자가 웃으며 받거나, 다른 여자 친구들도 같이 놀리는 경우도 있었다. 그러나 여자가 화장하지 않은 게 대수인 문화를 주도적으로 만든 건 한국 남자들이다. 여자가 화장을 하건 말건 자유다. 그런데도 한국 남자들은 그 자유를 어떤 의무나 성실의 척도로 만들어버렸다. 남자들은 화장은커녕 선크림 하나 제대로 바르지 않으면서 화장하지 않은 여자를 기이하게 몰아간다.

화장뿐만 아니다. 살찐 한국 남자들에게는 아무 말도 안 하면서, 살찐 여자 친구들에게는 그토록 입을 댔다. 당사자가 없는 자리에서는 그 정도가 심했다. 남자를 말할 땐 덩치가 크다거나 살집이 좀 있다 정도로 묘사하지만, 여자 친구들은 노골적으로 비하했다. 헤비급, 쿵쾅이, 어깨 깡패, 통다리 등 각종 외모 비하 발언이 쏟아졌다. 누구는 개강하고 나서 몸매가 좋아졌느니, 누구는 이제 '여자 같아 보인다'라느니, 누구는 1학기 때보다 살이 더 찐 거 같아서 별로라느니 오만 여혐 발언이 난무했다. 그럼에도 중간에 나서서 누구 하나 제지하지 않았다. 가해자와 방관자만 있을 뿐 적극적으로 막아서는 한국 남자는 어디에도 없었다.

대학 내에서 여자 친구들을 향한 한국 남자들의 잣대는 엄격했다. 한국 남자들은 본인이 만들어놓은 틀에 적합해야 비로소 '여자 같다'고 인정했다. 그들의 코르셋에서 벗어난 여자에겐 대놓고 "여자 맞냐?"라고 조롱했다. 여기에 진지한 태도로 비판하는 여성은 곧바로 '빡센 년'으로 몰아갔다. 대학 내 모든 여성이 자기 입맛에 맞아야 했고, 그렇게 입맛에 맞아야 사랑받을 수 있다고들 선동했다. 직접적으로, 혹은 방관이나 공조 등의 방식으로 '여자 같은 여자' 기준을 한국 남자들은 오랫동안 축조했다. 대학 울타리 너머 모든 세상에 그들만의 코르셋을 씌웠다.

이런 것들은 한국 남자 여러분이 그토록 이해 못 하는 코르셋의 극히 일부일 뿐이다. 한국 남자들은, 여성들이 주체적으로 꾸밈에 탐닉하고 꾸밈 경쟁의 결과로 만들어진 문화를 왜 코르셋이라 하냐고 반문한다. 여성들이 진정으로 꾸밈을 통해 만족감을 느꼈다면, 한국 남자도 마찬가지로 꾸밈에 집착했어야 한다. 생물학적 한계가 거의 없는 행위를 두고 여성이 남성보다 더 만족한다는 주장은 논리적 오류다. 꾸밈 행위가 그토록 자존감을 높여주는 거라면, 자존감 지키기에 누구보다 목숨 거는 가부장 한국 남자는 거의 꾸밈에 미쳐있어야 한다. 우리네 아버지들이 명품 마스카라에 집착하거나, 늘씬한 다리를 위해 종아리 근육 수술도 서슴지 않거나, 나이가 들어도 몸매 관리 때문에 스트레스받아야 한다. 그러나 정작 현실은? 제대로 씻기나 하면 다행인 아저씨가 지천으로 널렸다.

종이에 다 적기 벅찬 외적 코르셋 요소들 말고도 내적 코르셋 또한 차고 넘친다. 얼마 전 애인의 친구 부탁으로 중고 직거래를 대신해준 적 있다. 직거래 현장에 생각보다 일찍 도착한 애인과 나는, 구매자에게 연락하기로 했다. 직거래를 여러 번 해본 내가 문자 메시지를 보내려고 하자 애인이 걱정스럽게 말했다. "너무 매정하게 말하는 거 아니야?" 내가 쓴 문구는 별다를 것 없었다.

직거래 대리 구매자입니다
생각보다 일찍 도착했네요.
말씀하신 곳 근처 폴바셋 맨 안쪽 자리에 있으니까,
문자 보시면 전화 주세요.

한국 남자들이 직거래할 때 쓰는 전형적인 말투였지만, 애인은 달랐다. 그렇게 딱딱하게 말하면 상대방이 기분 나쁘겠다며 걱정했다. '한남'인 나는 전혀 이해할 수 없었다. 그냥 직거래하러 와서 사실만 말하는 건데 왜 그럴까 싶었다.

그러나 후에 성권력의 실체를 조금씩 깨닫고, 애인 역시 외적 코르셋을 비롯한 내적 코르셋을 하나 둘 벗으면서 당시 상황을 우리는 다시 해석할 수 있었다. 나는 코르셋을 전혀 입지 않아 자유롭게 말할 수 있었고, 그런 나를 보던 애인은 '여자는 기본적으로 친절해야 한다'라는 내적 코르셋 때문에 걱정이 앞선 것이었다. 같은 '무덤덤'이라도 여성과 남성이 말하는 무덤덤은 확연히 달랐다. 사실 전달만 하면 끝이었던 나에 비해, 애인은 사실 전달과 함께 친절함을 겸비해야 공손한 태도라는 내적 코르셋이 자신을 옭아맸던 것이다.

이러한 내적 코르셋의 기반은 한국 남자들이 오랜 기간 부추겨온 '여성은 조신해야 한다'는 가부장적 사고다. 모두가 예의 바르게 행동해야 하지만, **특히나 여성은 더욱 친절하고 얌전해야 한다**던 가부장 교육이 내적 코르셋의 매듭을 꽉꽉 조여놨다. 이러면 한국 남자 여러분은, 요즘 시대에 누가 조신한 여성을 강요하냐고 하겠지만, 친절하지 않은 남성과 친절하지 않은 여성을 대하는 한국 남자 태도는 누가 봐도 다르다.

대학 시절, "너도 여자냐?"라는 조롱에 적극적으로 맞선 여성에게 사과 대신 '빡센 년'이라는 호칭을 부여하는 것만 봐도 한국 남자는 '친절한 여성'을 여성성의 기본값으로 삼고 있다. 여성이 더 자유롭게 목소리를 내야 한다고 말하던 자칭 '페미니스트' 한국 남자들도 마찬가지다. 그토록 자유 발언을 강조하던 그들도 막상 '불편한 용기' 시위 슬로건이나 거친 단어만 보면 혀를 내두른다. 여성들이 자유 발언을 하되, 내적 코르셋은 유지한 채 '조신한 투쟁'만 이어가야 그들이 허락한 페미니즘이고 여성 인권 운동인 것이다. 결국 그들도 말로만 페미니스트지, 전형적인 가부장 한국 남자다.

남자들도 하기 싫은데 해야 하는 것들이 많다며, 이것도 코르셋이라고 역투쟁하는 한국 남자도 있다. 친구여, 그건 코르셋이 아니라 가부장 사회가 우리에게 짊어준 의무다. 이 무게가 싫고 불편하면 가부장제를 해체하면 된다. 그런 의무들을 코르셋이라 명명하고, 가부장제로 인한 단물만 쪽쪽 빨아대는 건 치졸하다. 권리만 추구하고 책임은 회피하는 게 당최 무슨 코르셋이란 말인지 알다가도 모를 일이다

한국 남자들은 정말 단 한 번이라도 화장이 지워졌을까봐 수시로 거울을 확인하거나, 친절하지 않게 보일까봐 전전긍긍하거나, 성적 매력이 떨어져 보일까봐 어쩔 수 없이 수

술대 위로 오른 적 있나. 그 정도의 고통도 없으면서 코르셋이 세상에 존재하지 않는다고 주장하는 건, 또 한 번 여러분이 가부장 한국 남자임을 적극 증명하는 꼴이다.

그 페미니즘은 틀렸지

페미니즘까지 '허락'하려는 한국 남자

가부장 사회는 한국 남자에게 권력을 선물했다. 덕분에 한국 남자의 말과 행동에서 발현되는 힘은 어떤 곳에서든 유효하다. 가부장들은 점점 더 권력을 쌓으면서 여성을 부차적인 존재로 몰아넣었다. 대놓고 여성을 멸시하거나, 은근한 방법으로 여성의 힘을 무력화했다. 이 가부장 문화를 적극 막아선 남성은 없었다. 그렇게 세월이 흘렀고, 한국 남자는 사회를 굴리는 각종 메커니즘을 본인들 중심으로 완비할 수 있었다.

가부장 권력을 등에 업은 한국 남자들은, 사회의 옳고 그름이나 법제도까지 본인들 기준으로 세워놓았다. 헌법만 봐도 그렇다. 대한민국 헌법 제34조 3항은 다음과 같이 말한다.

'국가는 여자의 복지와 권익의 향상을 위하여 노력하여야 한다.' **배려를 가장한 위선이다.** 이미 헌법 자체가 여자의 복지와 권익이 일반 이하에 머물러 있다고 규정하고 있다. 여자의 복지와 권익이 사회적으로 한국 남자보다 뒤떨어져 있으므로 '향상시켜야 함'을 헌법으로 강조한 것이다. 모든 여성은 약자의 위치에 있어야 하며, 그 **약자들을 지켜내는 건 국가, 즉 가부장 사회의 핵심 구성원인 한국 남자 몫**이라는 맥락이 완성된다. 이는 한국 남자와 여성의 관계를 언제든 지배 관계로 만들 수 있는 독소 조항이다. 제36조 2항은 더 기가 찬다. '국가는 모성의 보호를 위하여 노력하여야 한다.' 한국 남자는 헌법에서도 모성을 잃지 못하고 있다.

국가 토대부터 남성 중심으로 구성해둔 탓에 한국 남자들은 이제 여성의 영역마저 차지하려 든다. 한국 남자들은 합심해서 페미니즘을 평가하기 시작했다. 이 페미는 맞고 저 페미는 틀렸다며, 모두를 위한 페미니즘이 진리라 외친다. 여성 인권 운동은 좋지만, 그 운동에서 남성이 배제되는 건 용납하지 않는다며 으르렁거린다. 남성과 함께 하는 페미니즘이 아니면 모조리 틀린 페미니즘 혹은 '정신병'이라는 비난도 거침없이 내뱉는다. 배우 유아인의 공개 선언이 이 흐름을 가장 잘 대변하고 있다. 그는, 여성이라서 여성 인권에 힘쓴다는 말은 남성이니까 남성 인권에만 힘쓰겠다는 말과 같다고 항변했다. 말의 목적이 분명하다. 페미니즘 주도권과 혁명에 따른 수혜를, 여성이 독차지하도록 두지 않겠다는 것이다.

한국 남자들이 가장 많이 강조하는 게 '휴머니즘'이다. 휴머니즘 참 좋은 말 같다. 그러나 휴머니즘은 여성과 남성 모두를 포괄하는 '척'만 하는 사상이다. 태초부터 흘러온 모든 역사의 중심은 남자였다. 정자 안에 온전한 사람의 모습이 있고 난자에선 양분만 받아 쓴다고 생각할 정도로 역사는 여성을 미완의 존재로 남겨놓기 바빴다. 봉건 국가 이후 '시민'의 개념이 탄생했지만, 시민 자격은 남성만 가질 수 있었다. 여성을 시민으로 생각하고 투표권을 주는 건, 가축에게 시민권과 투표권을 전달하는 것과 같은 행동으로 여겼다. 이에 민주국가에서 최소한의 권리, 투표할 권리를 달라던 여자를 남자가 모조리 때리고 죽였다. 이러한 서사 속에서 탄생한 휴머니즘 개념이 여성과 남성 모두를 위한 것이라는 주장은 치사하다. 페미니즘 대신 휴머니즘부터 추구하는 행위는 그저 여성 중심으로 끌고 가는 아젠다에 대한 불쾌함 표출이다.

여성과 남성 모두가 같이 변화해야 하는 건 맞다. 그럼 페미니즘에 한국 남자 좀 끼워달라고 울 게 아니라, 한국 남자들이 먼저 나서서 기득권과 가부장제를 박살 내야 한다. 여성들은 온 힘을 다해 목소리 내고 있는데, 한국 남자들은 그걸 평가나 하고 앉았다. 기득권이 마련해준 푹신한 방석에 앉아 페미니즘을 평가하기 전에, 엉덩이 떼고 움직일 생각부터 했으면 한다. 언제까지 세상이 한국 남자 중심일 거라 생각하나. 우리는 세상의 중심이 아니다. 먼 과거, 최초의 지동설을 비난하던 당시 사람들이 한심하고 무식해 보이나. 그게 우리 한국 남자들 모습이다. 부끄러운 모습으로 역사에 남지 않으려면 우리가 발 벗고 나서서 가부장제를 지울 방법을 논의해야 한다. 가부장제를 해체한 롤모델 하나 없는 현실이 나는 너무나 참담하다. 더 참담한 건 이 논의에 대한 공론장 하나 만들어지지 않고 있다는 점이다. 모르면 배워야 하는데 제대로 배울 곳이 없다. 이 현실이 슬프지 않은 한국 남자들은 정녕 도태를 원하는 건가.

한국 남자 당신이 말하는 틀린 페미니즘의 유형은 어떤 것들인가. 그리고 옳은 페미니즘의 유형은 또 어떤 것들인가. 그 유형들을 한데 모아보자. 한국 남자 각자가 공유하는 유형들이 어째 모두 비슷하지 않나. 메갈리아나 워마드는 틀렸고, 휴머니즘이나 '위아더월드'는 옳은가. 어쩜 이리도 비슷한 생각을 공유하고 있을까. 정치나 사회 현상에 대한 판단 잣대는 그렇게나 다양한데 유독 페미니즘에 있어선 기준이 획일화돼 있다.

다양성이 존중되는 세상에서 한국 남자들이 공통의 판단을 견지하고 있다면, 그건 지극히도 남성적 시각에서만 해석됐다는 것을 뜻한다. 여성과 남성 모두를 위한 기준이 아니라, 한국 남자만을 위한 기준이라는 것이다.

바라건대, 섣불리 판단하고 선 긋지 말길 바란다. 한국 남자는 자신이 모르는 분야 앞에선 그토록 조심하면서 유독 페미니즘에는 쉽게 입 댄다. 의학책 한 번 펴보지 않은 내가 "이국종 교수의 수술법은 위험하다"라고 외치면 얼마나 조롱할 텐가. 요리라곤 집에서 해본 게 전부인 내가 "백종원 대표의 솔루션은 엉터리다"라고 나대면 얼마나 꼴 보기 싫겠나. 이게 한국 남자 여러분의 모습이다. 공부 한 번 제대로 하지 않고, 심지어 공부했다는 게 겨우 책이나 논문 여러 개 자기 입맛에 맞게 편식해놓고선 페미니즘의 옳고 그름을 논한다. 지금 여러분의 모습이 얼마나 부끄러운 건지 알아야 한다.

틀린 페미니즘은 없다.

아니, 페미니즘을 평가할 자격은 한국 남자에게 없다. 한국 남자는 메갈리아와 워마드를 비판할 자격이 있는지 생각해봐야 한다. 여성 혐오가 세상에서 사라지는 순간 그들 역시 역사 뒤편으로 물러난다. 남성 혐오가 그토록 싫으면 여성 혐오를 멈추면 된다. 오늘도 숨 쉬듯 여성 혐오를 거듭했으면서 페미니즘의 옳고 그름 좀 따지지 말길 바란다.

아, 그리고 자꾸 메갈 메갈거리는데, 메갈리아가 이미 몇 년 전에 잠정적 운영 중단했다는 건 알고나 있나? 잘 알지도 못하면서 꼴값하지 말자.

그래서, 너도 페미니스트냐?

한국 남자는 페미니스트가 될 수 없다

나는 페미니스트가 아니다. 더 정확히 말하자면 페미니스트가 될 수 없다. 페미니즘을 지지하지만, 내가 페미니스트라고 말할 수 없다. 한국 남자는 그 누구도 페미니스트가 될 수 없다. 가부장 사회 구조를 변화시키지 않으면 한국 남자는 한국 남자에 머무를 뿐이다. 가부장제가 내려준 꿀 같은 단물을 쭉쭉 빨아댔고, 그 단물을 토하지도 않은 채 "나는 페미니스트입니다 여러분!"이라고 외치면 안 된다.

한국 남자에겐 성차별 경험이 없다. 미러링을 성차별 경험이라 주장하기 전에 생각부터 하자. 한국 남자 여러분의 할아버지, 아버지, 당신, 동성 형제들, 동성 친구들은 도대체 어떤 성차별적 구조에서 살아왔었나. 아래와 같은 교육을 지속·반복적으로 받아온 한국 남자가 있다면 구체적 사례를 제보해주길 바란다.

- 강간당한 남자는 여자들이 싫어하니까
  항상 몸조심해야 한단다.

- 남자가 너무 야하게 입으면 표적이 되니까
  조신하게 입고 다녀야 한단다.

- 남자의 미모는 권력이니까
  언제든 꾸미는 것에 소홀하면 안 된단다.

- 남자가 자기주장이 강하면 안 되니까
  늘 얌전하게 굴어야 한단다.

- 부인이 바람피우는 건
  남편이 잠자리에서 만족시켜주지 않아서란다.

- 부인이 하는 일에 토 달지 않아야
  진짜 남편으로 인정받을 수 있단다.

- 나중에 돈 많은 여자 만나서 장가 가면 되니까
  너무 열심히 할 필요는 없단다.

말도 안 되는 교육법이지 않나. 이 말도 안 되는 교육을 가부장 사회는 여성에게 강요했다. 교육은 사회 현상과 제도, 문화 모두를 잠식한다. 강간당한 여자는 가치가 떨어지고, 야하게 입는 여자는 쉽게 표적이 되고, 여자의 미모는 권력이고, 여자는 얌전하고 친절해야 하고, 남편의 외도는 부인의 책임이고, 남편 하는 일에 토 달면 현모양처가 될 수 없고, 돈 많은 남자 만나서 시집가면 되니까 여자는 굳이 열심히 하지 말라는 인식이 한국에 새겨져 있다. 이게 성차별이 아니면 뭐라고 설명할 수 있을까.

아직도 한국 남자가 성차별 당하고 있다고 생각하나. 우리 한국 남자들에겐 성차별 경험이 없다. 경험도 없으면서 어떻게 페미니스트가 될 수 있다고 생각하는지 궁금하다. 페미니즘은 성차별로 고통받은 여성들이 공유한, 각자의 경험을 기반으로 한다. 여성들과 함께 나눌 수 있는 최소한의 경험도 없는 한국 남자들은 페미니스트가 될 수 없다. 곁에서 오래 지켜보고 공부했다고 해서 될 수 있는 게 아니다. 서당개는 풍월을 읊을 수 있겠지만, 한국 남자는 페미니스트가 될 수 없다.

나 또한 여성을 고통으로 밀어온 세월을 부정할 수 없기에, 지금도 가부장 권력에 기댄 한국 남자기에, 페미니스트가 될 수 없다. "너도 페미니스트냐?"라는 물음에 나는 대답보다는 부끄러움이 먼저 밀려온다.

자신을 쉽사리 페미니스트라 단정하는 한국 남자들의 이유는 다양하다. 여성을 사랑하니까, 엄마의 인생이 안쓰러우니까, 엄마의 고통으로 세상에 태어났으니까, 남존여비 사회가 기이하니까, 여성은 존중받아야 하니까, 여성은 소중하니까. 그러니까 자신은 페미니스트가 될 것이며 이미 페미니스트라고 규정하는 한국 남자들. 한심하다.

그래서 그런 이유에 힘입어 당신들이 한 건 도대체 무엇이라는 건지 묻고 싶다. 엄마가 불쌍하고 엄마의 고통으로 세상에 나왔다는 이유 하나만으로 페미니스트라 말한다면, 인공 자궁 없는 이 지구는 이미 성평등이 완벽하게 이뤄진 행성이 돼야 했다. 여성을 존중하고 사랑하고 소중히 여기는 건 그저 기득권 남성이 '품어주겠다'는 시혜일 뿐이다. 배려로 포장한 지배라는 말이다. 자신이 페미니스트라 당당하게 말할수록 자신은 페미니즘에 대해 아무것도 모른다는 걸 증명하는 꼴이다. 성권력의 실체를 조금이라도 알아낸다면 부끄러워서라도 페미니스트 이름표를 갈취할 수 없다.

한국 남자는 페미니스트를 향한 출발선에 서기 전에, 가부장제의 벽부터 깨부숴야 한다. 우리가 가부장제로 인해 어떤 혜택을 받아왔는지 고발하고, 얼마나 편안한 삶을 살아왔는지 성찰해야 한다. 물론 가부장제가 규정한 성역할이 남성을 어떻게 좀먹었는지도 되돌아봐야 할 것이다. 특히 경제력 상실에 따른 남성적 가치 하락은 그릇된 성역할이 낳은 시대적 병폐다. IMF 이후 급격히 늘어난 남성 노숙자는 살 곳이 없어 거리로 내몰린 게 아니다. 멀쩡한 집 놔두고도 거리로 나선 한국 남자들은 정리해고를 인격 살인이라 여겼던 이들이다. 하락한 남성적 가치를 숨기기 위해 집이 아닌 거리를 방황하며 살아가고 있다. 이런 고통을 안겨준 건 여성이 아닌, 한국 남자들이 주도적으로 구축한 가부장 국가와 정부다. 엉뚱한 곳에 분노를 지피지 말아야 한다.

무엇보다, 한국 남자가 가부장제로 인해 고통받는 현실이 있다고 해서, 여성을 고통으로 밀어 넣었던 삶이 정당화되진 않는다. 우리 한국 남자들은 고통과 함께 보상을 꼬박꼬박 받아왔지만, 여성은 고통만 받아왔다. 단순히 남자로 태어났다 해서 권력을 얻고, 여성으로 태어났다고 해서 기본권마저 위협받는 세상은 평등한 세상이 아니다. 우리는 모두 페미니스트가 되어야 하지만, 한국 남자는 페미니스트가 될 자격부터 갖춰야 한다. 성차별 경험이 없는 남성들이 어떻게 페미니스트가 될 것인지 함께 고민해야 한다. 의기양양하게 "나 페미니스트야"라고 외치기 전에 우리가 가진 권력은 무엇인지 되돌아봐야 한다.

'한남' 단어가 나는 불편했다. 나는 여성을 혐오하지 않는데 왜 한국 남자 전체 범주에 나를 끼워 넣는 건지 이해 가지 않았다. 나는 여성을 혐오하기는커녕 더 배려하고 존중했다고 생각했다. 내가 했던 여성 혐오는 '그럴 만한 응당한 이유'가 있었기에, 그것은 그저 나를 방어하는 또 다른 형태의 행위일 뿐이라 생각했다. 사고 자체가 이토록 '한남'스러운데 나는 내가 '한남'이 아니라고 믿었다. 성권력의 실체를 깨닫지 않았다면 지금쯤 나도 어디에선가 "나는 여성을 사랑하니까 페미니스트입니다!"라고 외치고 다녔을지 모른다. 여성 혐오를 지우지 못한 세상에서, 가부장제를 해체하지 못한 세상에서 살고 있는 '안희석'은 그냥 '한남'이다. 자신을 '한남' 혹은 '한남충'으로 인정하는 과정이 한국 남자들에게 필요하다.

우리 한국 남자들이 함께 가부장제를 해체할 수 있는 세상을 원한다. 워마드에 화내기 전에, 여성 혐오를 공기처럼 여기도록 만든 세상에 분노하는 한국 남자가 절실하다.

나는 '페미니스트'가 아니다

페미니스트를 자처하던 그의 주장, 다시 쓰기

**** 이 글은 한 남배우가 개인 인스타그램에 올린**
<나는 '페미니스트'다> 선언문을 각색한 것입니다.
이 글에서 지칭하는 '나'는 저자를 뜻함을 알려드립니다.

나는 '페미니스트'가 될 수 없다. 어떠한 권위가 내게 '자격증'을 발부할지는 모르겠으나 신념과 사랑과 시대정신을 담아도 나는 '페미니즘'을 이야기할 수 없다. 320자의 트위터[1]나 그림으로 말하는 인스타그램의 부작용으로 집단 난독증을 앓고 있는 신(新) 남성에게는 매우 길고 어려운 글이 될 것이고, 글을 통해 사람을 보는 또 다른 사람들에게는 '한남'의 '세계'를 들여다보는 비참한 일이 될 것이다. 수익과 소득을 원하는 자들에게는 먹잇감이 되겠지- 아뿔싸!

나의 가난한 영혼을 차마 다 보여줄 재간이 없어 비통

1 실제 트위터 글자 수 제한은 320자가 아니다. 아직도 이 320자의 기원을 알 수 없다.

하다. 남성 권력이 말하는 그 '자연'을 글로 옮기는데, 가상세계에서 누군가의 영혼을 다치게 할까 걱정되니, 날 선 방패를 먼저 세워주길 바란다.

그러니 쓴다. 경향적 어휘와 자극적 이미지를 총알처럼 남발하며 전쟁을 치르는 세상에서 볼멘소리나 싸지르기에는 내 안의 '한남스러움'이 매우 증오스럽기 때문이다.

반성하고 싶었다. 그래서 써왔다. 그래서 쓴다. 피눈물로 당신에게 나를 반성한다. 이것이 내 '글'이고, '나'다. 물리고 뜯기고 찢겨 조각난 채로 이 세계를 부유하는 것은 남성이 아니라 여성이다. 홍겨워하지 말아라. 부당한 성권력이 그토록 명예로운가. 남페미라는 이름의 위선적 명예는 또 어떠한가. 우리는 짐승이다. 남성은 영혼이 아닌 배를 살찌워왔다.

내 이름은 '안희석(安熙錫)'이다. 내가 짓지는 않았고, 어떤 주석을 빛내라고 지으신 지는 모르겠지만 편안할 안(安)에 빛날 희(熙) 주석 석(錫)을 덧붙여 생물학적 할아버지가 지어준 이름이다. 나는 보수의 역사와 전통을 자랑하는 부산에서 여자 동생 하나를 둔 장남이자 대를 잇고 제사를 지내야 할 차남으로 한 집안에 태어나 '차별적 사랑'을 감당하며 살았다. 누구나 그렇듯 자아 찾기 여행의 고난이 눈앞에 펼쳐졌지만 그다지 삶이 어렵지 않다. 매 순간 세상은 남성의 것이고, 그 세상에 속한 모든 여성에 비해 나는 편안히 살아가고 있어서.

제삿날이면 엄마는 제수(祭需)를 차리느라 허리가 휘고, 생물학적 아버지는 병풍을 펼치고 지방(紙榜)을 쓰느라 허세를 핀다. 일찍이 속이 뒤틀린 한남이던 내 눈에는 그렇게 보였다. '이상하고 불평등한 역할놀이'. 제사가 끝나면 엄마는 음복상을 차리고 큰엄마와 누나들은 설거지 같은 뒷정리를 함께 도왔다. 집안의 남자들이 '성'에 취해 허세를 피우는 '상'에 여자들이 끼어들기란 여간 어려운 일이 아니었다. 전쟁과 종교의 역사와, 각종 인간 사상이 합작하여 빚어낸 남존여비의 '전통'과 그 전통이 다시 빚어낸 인간 사회의 참상은 내 집안에서도 자랑스러운 골동품으로 전시되었다. 유난하고 폭력적인 그 풍경은 뻔뻔하게 펼쳐졌고 역겹도록 대물림되고 있다. **그럼에도 나는 그걸 막으려고 하지 않았다.**

누구나 그렇듯 나는 '엄마'라는 존재의 자궁에 잉태되어 그녀의 고통으로 세상의 빛을 본 인간이다. 그러나 고작 그 이유 하나만으로 나는 페미니스트라 뻔뻔하게 말할 재간이 없다. 우리 엄마가 해방되려면 가부장제가 해방되어야 한다. 의문들로 뒤틀린 나였지만, 뻔뻔한 그 풍경들을 뻔뻔하게 받아들이며 살아왔다. 그런 구시대의 유물들이 전시된 건, 이 시대에 의문만 가졌지 행동하지 않은 나 때문이다. 의문이라는 고통, 두려움으로 빚어진 존재가 인간이라는 변명으로 퉁치기엔 '한남 안희석'은 너무나 뻔뻔하다.

나는 짐승이다. 나는 인간이고 나는 우리 엄마의 귀한 아들은 되겠지만, 성차별적 사회에서 나는, 한국 남자는 짐승이다. 나의 귀함이 고작 '아들'이라는 '성'에 근거했듯이, 나는 그 귀함을 벗지 않고 도시에서 어슬렁거리며 여성 권력을 좀 먹었다. '개새끼'로 사는 일을 피하지 않았던 순간들이 많았다. '개새끼'가 아닌 척 살아가는 것이 나의 삶인지도 모른다. 모든 인간은 그 자체로 존귀하나, 가부장 사회는 여성을 존귀하게 보지 않았다. 아들이어서 귀했다. 딸이라고 비천하다고 했다. 모든 딸아들들이, 모든 모부의 자식들이 다 귀하고 존엄하지만, 아들이 더 귀하고 존엄했다. 누가 아니라고 할 텐가.

나는 페미니스트가 아니다. 하하. 그래야 한다. 뭐라고 주장하든, 뭐라고 불리든 나는 그냥 '한남'이다. 그리고 이제 와서 고백하건대 이 책은 자기가 페미니스트인 줄 착각하고 사는 한국 남자들의 그 '페미니즘'에 대한 이야기가 아니다. 그 착각을 빌어서 하는 '한국 남자'와 '성권력'과 '가부장 사회'에 대한 나의 이야기다. '한남'을 탐구하고 '성권력'을 이해하고 그것을 반영하는 '글'을 업으로 삼은 한 작가가 전하는 '반성문'이다. 한국 남자들에겐 쉽게 닿지 않겠지만 내 식으로 하겠다.

'차이'는 '차별'의 장벽이 아니다. 차이와 차별에 대한 정의를 마음대로 내린 건 한국 남자, 가부장 사회다. 그래놓고 사회 관계망 서비스 안에서의 관계나 존재론을 갑자기 말하는 건 유치하다. 내가, 나의 아버지가, 할아버지가, 또 그 아버지들이 만든 세상에서 성의 차이를 무시하자고 말하는 건 비겁하다.

SNS가 어떻고, 세상이 어떻고, 생물학적 역사가 어떻고가 도대체 뭐가 중요한가. 그냥 솔직히 말하자 한국 남자들. "우리가 좀먹던 여성 권력을 계속 좀먹어도 모른 척 좀 합시다!" 뻔뻔하려면 제대로 뻔뻔하든가, 아니면 진심으로 반성해라. 왜 자꾸 턱도 없는 유사 이론을 끌어다 모으면서 '유치하고 아둔한 인간'임을 증명하는가. 부끄럽지도 않나.

모든 여성은 여전히 다양한 형태의 성차별 철폐 전쟁을 치르고 있다. 이 시대의 전쟁은 남성이 야기했다. 시대 정신과 사상이 필요하다는 말로 전쟁을 무마하려 하지 마라. '전쟁'을 멈출 권리와 자격은 여성에게 있다. '자본주의'가 낳은 기술이 인간성을 삭제하는 참상을 통해 여성 인권을 좀먹어놓고 어디서 전쟁을 멈추자고 주장하나. 이제 와서 평화를 외치는 건 한국 남자가 얼마나 유치하고 치졸하고 비겁하고 무책임한지 증명하는 꼴이다.

나는 '한남'이다. 당신이 그런 것처럼. 하하. 그래야 한다. 뭐라고 주장하든, 뭐라고 불리든 나는 그냥 이런 '한남'이다. 나는 당신을 이겨내기 위해 힘쓰고 싶지 않다. 당신과 연결되고 싶고 잘 지내보고 싶다. 그리고 묻고 싶다. 당신은 어떠하냐고. 나와 동시대를 살아가는 한국 남자에게 나의 이야기를 전한다. 그리고 당부한다. '한국 남자가 허락하는 페미니즘'에 끌려가지 않고 당당하게 주도하며 '가부장제 해체'를 이루자고. 그 방법과 길을 이 혁명적 시간 안에서 함께 찾아가자고. 그것이 한국 남자의 정상화 아니겠는가.

고마 무거라 좀. 마이 무따이가!

**** 가상 세계와 현실 세계, 존재론, 관계의 정의 등**
글이 말하고자 하는 목적에서 벗어나
독자의 사고를 힘겹게 하려던
허튼 내용은 최대한 제거함.

맺음말
: 무지의 권력이 깨지는 날까지

2018년 11월, 《부전승 인생》을 집필하기 시작했습니다. 무엇을 이야기하고 싶은지 분명했지만, 어떻게 이야기할 것인지 먹먹했습니다. 각종 자료를 긁어모아 말하자니 어쩐지 '한국 남자를 위한 변명' 같았습니다. 그렇다고 제 생각만 길게 늘어놓자니 또 다른 멘스플레인일 뿐이었습니다. 가부장 사회의 적나라한 현실과 경험에 기반한 주장을 찾던 중, 제 주변을 둘러봤습니다.

굳이 책과 논문에서 찾을 필요 없었습니다. 저와 제 또래 남성, 그 윗세대 남자들의 말과 글과 행동들이 가부장 역사의 증거였습니다. 익히 들었던, 혹은 제가 내뱉었던 말들을 하나씩 주워 담았습니다. 당연하게 말하던 것들, 눈치 보지 않고 했던 행동들 사이에서 혐오의 정서가 보였습니다. 그렇게 공기처럼 부유하던 가부장 요소들을 한데 모았고, 마주한 현실에서 부끄러움이 밀려왔습니다. 부끄러움을 안고 한 글자씩 써내려갔습니다.

그전까지 가부장제가 무엇인지 몰랐습니다. 그저 '집안 어른'으로 불리는 노인의 독단적 행동 정도만 '가부장스럽다'라고 표현할 줄 알았습니다. 매 순간 가부장 사회의 '1등 시민'으로서 받던 혜택이 특별하다고 생각하지 않았습니다. 2000년대를 훌쩍 넘긴 지금을 가부장 사회라고 말하기엔 과하지 않냐고 주장했습니다. 이런 저를 깨우친 건 여성들입니다. 페미니즘을 공부하며 세상에 나서고 있는 애인, 성평등 교육을 통해 무지한 저를 깨워준 선생님, 여성학을 삶으로 증명하고 있는 어머니와 동생. 이분들이 없었으면 저는 여전히 가부장 '한남'이 아니라고 부정하며 살았을 것입니다. 이 공간을 빌려 그분들께 감사하다는 말씀을 드립니다.

감사한 분들 덕분에 제가 깨달은 것을, 저와 같은 성별들에게 말하고 싶었습니다. 애인을 사귀고 있으니 여혐하지 않는다는 친구, 외도에도 나름의 이유가 있다던 중년 남성, 여자가 괄괄하면 맛이 뚝 떨어진다던 오래전 직장 상사 등이 이

제라도 깨달았으면 했습니다. 이에《부전승 인생》을 크라우드 펀딩으로 만들어보자고 다짐했고, 주변 남성들에게 참여를 권했습니다. 지극히 적은 숫자이긴 하지만, 몇몇은 바꿀 의지를 보여주고 있습니다. 그러나 아직도 절대다수의 한국 남자가 성권력 자체를 부정하고 있기에 저는 안심하지 않습니다. 갈 길이 멀다는 사실을 이제 겨우 경험으로 체득했을 뿐이라 생각합니다.

사실 펀딩 당시만 해도《부전승 인생》의 원래 제목은 《**한**국 **남**자를 위한 **충**고》였습니다. 제목을 줄이면 '한남충'이지만, 저자가 자신을 '한남충'으로 인정하고 있기에 문제 되지 않는다 생각했습니다. 하지만 펀딩 플랫폼 제공 측에서 해당 제목은 **성별 갈등을 조장할 수 있다는 이유**로 수정을 요청했고, 고민 끝에 책을 세상에 내놓는 게 먼저라 생각해《부전승 인생》으로 제목을 변경했습니다.

지금 이 책을 읽는 분이 누구인지 알 수 없지만, 어땠는지 궁금합니다. 혹시나 제가 실수한 부분은 없는지, 도리어 여성 혐오 주장을 쓴 건 아닌지 걱정이 앞섭니다.《부전승 인생》의 크라우드 펀딩에 관한 온라인 반응을 살펴볼수록 조심스러움이 늘었습니다. 페미니즘을 이용해 돈 벌려는 수작이라거나, 남자 책은 소비하지 말아야 한다는 의견, 남자가 가부장제를 부정하는 것 자체가 의뭉스럽다는 평가가 많았습니다. 괜찮았습니다. 저를 모르는 타인은 한국 남자의 디폴트인 '안티페미니즘적이고 여성을 멸시하는 존재'로 저를 바라보고 있으니 당연한 결과라 생각했습니다. 그래서 더욱 책을 조심스럽게 쓸 수 있었습니다. 기득권 남성 권력이 긴장할 수 있도록 도움 준 분들께도 감사 인사드립니다.

인사말에서도 말씀드렸듯이, 저는 《부전승 인생》을 통해 성평등한 세상을 이루겠다거나 페미니스트가 되겠다는 생각은 전혀 없습니다. 제 목표는 하나입니다. 남성 발화자가 가부장 사회를 향해 던지는 메시지가 늘어나고, 가부장제를 부수기 위한 본격적인 움직임이 일어나는 것입니다.

저는 앞으로도 꾸준히 독립출판물을 낼 예정입니다. 때로는 흥미 위주의 가벼운 책을, 때로는 제가 좋아하는 것들을 모은 책을, 때로는 슬프고 우울했던 이야기들이 담긴 책을 쓸 것입니다. 또한, 분명히 말씀드릴 수 있는 건, 《부전승 인생》의 맥을 잇는 '가부장제 타파'와 관련한 책 역시 지속해서 발표할 것입니다. 가부장제를 향한 메시지가 《부전승 인생》만으로 끝나지는 않을 것을 약속드립니다.

집필부터 편집, 디자인 모두 혼자 해서 그런지 미숙한 점이 많습니다. 부족하고 잘못된 부분은 언제든지 지적해주시기 바랍니다. 혹은 제 SNS 계정을 보시면서 《부전승 인생》 이후의 행보가 어떤지 감시하셔도 좋습니다. 부족한 책에 소중한 시간을 투자해주셔서 감사합니다. 또 다른 책으로 다시 뵐 수 있길 기대합니다. 무지의 권력이 모조리 깨지는 그날까지. 안희석이었습니다.

2019년 2월, 부산에서.